LIBRAIRIE DE Vᵉ POUSSIELGUE-RUSAND.

PRINCIPES DE LITTERATURE,

PAR LE R. P. MARIN DE BOYLESVE,
De la Compagnie de Jésus.

STYLE.

PRINCIPES

DE

LITTÉRATURE.

Les exemplaires non revêtus de la signature de l'Éditeur seront réputés contrefaits.

Vve Poussielgue-Rusand

PARIS. — TYPOGRAPHIE DE FIRMIN DIDOT FRÈRES, RUE JACOB, 56.

PRINCIPES

DE

LITTÉRATURE,

PAR

LE R. P. MARIN DE BOYLESVE,

DE LA COMPAGNIE DE JÉSUS.

STYLE, — POÉSIE, — ÉLOQUENCE.

> Quidquid præcipies, esto brevis.
>
> HORACE.

TOME PREMIER.

STYLE.

PARIS,
Vve POUSSIELGUE-RUSAND,
RUE SAINT-SULPICE, 23.

LYON,
PELAGAUD ET Cie,
GRANDE RUE MERCIÈRE, 26.

1851.

AVIS.

Cet ouvrage a été composé en 1841, autographié à cette époque, et plusieurs fois depuis, à l'usage des classes. L'auteur d'un *Cours élémentaire de littérature,* imprimé à Clermont en 1847, ayant eu entre les mains un de ces exemplaires autographiés, a reproduit assez fidèlement l'ensemble et l'ordre, quelquefois même le texte de ce cahier. Comme chacun a le droit de prendre son bien où il le trouve, nous avons repris sans scrupule à l'édition de Clermont ce que nous avons jugé à propos de conserver de notre travail, qui, au fond, n'était qu'une ébauche, sérieusement étudiée, il est vrai, mais fort imparfaite surtout quant à la forme. Du reste, l'auteur du Cours imprimé en 1847, tout en déclarant qu'il ne nous avait pas tout pris, reconnaît que le manuscrit autographié lui a été d'un grand secours, et il promet de ne plus éditer. Cette observation était nécessaire pour écarter de nous tout soupçon de plagiat; soupçon que, d'ailleurs, nous redoutons assez peu, tant nous avons refondu notre première ébauche.

PRINCIPES

DE

LITTÉRATURE.

INTRODUCTION.

§ 1. *Littérature en général.*

1. Les lettres sont les signes sensibles de la parole; la parole est le signe de l'idée; l'idée est l'acte par lequel l'intelligence connaît, c'est-à-dire, se représente en elle-même ce qui est, soit existant, soit possible. Par l'idée (εἴδω) l'homme voit les êtres et leurs rapports, comme s'ils étaient présents à son intelligence; par la parole, prononcée au moyen des sons ou écrite au moyen des lettres, il exprime au dehors cette représentation des objets qu'il a conçue en lui-même. Les lettres et la parole supposent donc l'idée, dont elles ne sont que l'expression, et la littérature suppose la science, qui est la vue intellectuelle des rapports que les êtres ont entre eux. La science donne le fond; la littérature donne la forme. Sans la littérature, la science est un diamant, mais un dia-

mant brut, ou même enfoui ; sans la science, la littérature n'est que du clinquant et de l'enflure.

Par la science, l'homme connaît, et son intelligence s'illumine des reflets de la vérité; par la littérature, l'homme fait connaître; il éclaire les autres intelligences. Par la science, l'intelligence agit en elle-même et sur elle-même; par la littérature, l'intelligence agit hors d'elle-même et sur les autres. Aussi la littérature est-elle un art, car elle tend à mettre la science en œuvre, et sa fin est une action.

---

§ 2. *Sens du mot* littérature.

2. La littérature se prend souvent pour l'étude et la connaissance des principes et des œuvres littéraires. — Dans ce sens, la littérature est une science. Ainsi Aristote possédait la science des lettres, comme on peut s'en convaincre par l'étude de sa Rhétorique. Le mot *littérature* se dit encore de l'ensemble des ouvrages littéraires. — Dans ce sens, on dit la Littérature ancienne ou moderne, sacrée ou profane, grecque, latine, française, italienne, etc., pour exprimer la collection des littérateurs d'une époque ou d'un pays. A ce point de vue, la littérature se confond avec l'érudition : c'est la connaissance des écrivains et des œuvres littéraires produites par un peuple ou par une série de siècles. La Harpe, dans son *Cours de littérature*, déploie l'érudition des lettres. Toutefois, on ne dira pas, de la *Rhétorique* d'Aristote et du *Lycée* de La Harpe, que ce sont des œuvres littéraires. Dans un sens plus restreint, la LITTÉRATURE peut se définir l'*art de juger des ouvrages d'esprit et d'en composer soi-même*.

Le titre de littérateur, refusé à celui qui ne possède que par voie d'érudition la connaissance des principes et des œuvres littéraires, se donne proprement à celui qui sait apprécier le mérite et les défauts d'un ouvrage d'esprit. Il ne se dit pas de l'écrivain. On croirait rabaisser Homère, Virgile, Démosthène et Bossuet de les appeler littérateurs. Cicéron est littérateur dans son *Brutus;* dans ses discours, il ne l'est pas, il est orateur. La Harpe, dans son *Lycée,* se montre à la fois érudit et critique : comme érudit, il n'a que la science historique des lettres; comme critique, il est littérateur. — On peut, au reste, posséder l'art de juger d'un discours ou d'un poëme sans avoir ni la science philosophique des principes (explicitement du moins), ni la science historique ou l'érudition littéraire, ni l'art de composer soi-même un discours ou un poëme. Combien d'orateurs et de poëtes qui ne le sont que par intuition ou par inspiration, et pour ainsi dire à leur insu, et qui perdraient le secret de leur génie, s'ils cherchaient par la réflexion à le découvrir et à s'en rendre compte. — Ceux-là jugent toutefois, mais ils jugent d'un regard et d'un mot. Ne leur demandez pas la raison de leur jugement; ils ne raisonnent pas : croyez-les sur parole; ils ne se trompent pas : leur parole est un oracle.

Enfin la LITTÉRATURE peut encore se définir l'*art d'exprimer les idées par la parole prononcée ou écrite*, ou plus simplement, l'*art de parler et d'écrire.*

§ 3. *Grammaire et belles-lettres.*

3. La littérature ainsi définie comprend deux degrés : la grammaire et les belles-lettres. La GRAMMAIRE est l'art d'exprimer, par la parole orale ou écrite, ce que l'on pense, ce que l'on veut, de manière à être compris. Il suffit pour cela de parler et d'écrire correctement, c'est-à-dire, selon les règles que déterminent le génie et l'usage de la langue. On peut sans doute parler incorrectement et se faire comprendre, mais il

faut alors que l'intelligence de l'auditeur supplée ce qui manque à la netteté de la phrase incorrecte.

Les BELLES-LETTRES sont l'art d'exprimer par la parole, orale ou écrite, ce que l'on pense, ce que l'on veut, de manière à faire penser et à faire vouloir conformément à notre pensée et à notre volonté. Il ne suffit pas pour cela de se faire comprendre et de parler selon le génie et l'usage de la langue, il faut en outre adapter sa parole au génie et aux mœurs de ceux pour qui l'on parle, et par-dessus tout, il faut s'efforcer de représenter ce qui est vrai et bon, ou du moins ce qui le paraît ; car le vrai seul, réel ou apparent, peut déterminer les intelligences ; le bien seul, réel ou apparent, peut déterminer les volontés.

4. Mais il ne suffit pas aux belles-lettres de montrer le vrai à l'intelligence et le bien à la volonté : les lettres humaines s'adressent à l'homme tout entier. Or, pour saisir l'homme tout entier, ce n'est pas assez de parler à son intelligence comme les métaphysiciens, à sa volonté comme le moraliste ; il faut le prendre par les sens, surtout par les deux sens les plus intellectuels, l'oreille et l'œil, et par les facultés mixtes, l'imagination et la sensibilité ou la passion. A cet effet, un ouvrage littéraire doit présenter le vrai et le bien sous les rapports qu'ils ont, non-seulement avec la raison et le cœur, mais avec les sens de l'ouïe et de la vue, avec l'imagination et la passion, en un mot, avec l'homme tout entier.

Or, le vrai ainsi montré dans tous les rapports sous lesquels il convient à l'homme et sous lesquels il peut s'unir à ses diverses facultés et les perfectionner ; le vrai, dis-je, montré sous toutes ses faces et selon toutes ses proportions, c'est la splendeur du vrai, c'est le beau. Les lettres humaines sont donc justement nommées *belles-lettres*, et les BELLES-LETTRES peuvent se définir : l'*expression du beau par la parole ;* de même que la musique est l'expression du beau par les sons ; la peinture, l'expression du beau par les lignes et par les couleurs ; la sculpture et l'architecture, l'expression du beau par les lignes, représentant, sous la main du sculpteur, le détail des œuvres matérielles du Créateur, et sous le coup d'œil de l'architecte, l'ensemble de ce palais et de ce temple que l'on nomme le monde, et dont l'homme est le roi et le pontife.

§ 4. *Le beau.*

5. Le vrai est ce qui est ; le bien est ce qui convient. De l'union du vrai et du bien résulte le beau, de même que le laid résulte de l'union du faux et du mal. Ajoutez à ce qui constitue le fond et l'essence d'un être tout ce qui peut le rendre parfait, vous lui avez donné la beauté ; car la beauté n'est autre chose que l'unité de l'ordre : *Omnis porro pulchritudinis forma unitas est.* (Saint Augustin, ep. 18.) Et l'ordre comme l'unité, si vous le considérez dans un être particulier, n'est autre chose que la convenance et le rapport des parties ou des propriétés qui composent cet être ; si vous le considérez dans l'ensemble des êtres, c'est la convenance et le rapport de ces êtres entre eux.

6. Dieu étant la fin comme le principe de tous les êtres, et l'homme étant le centre de toute la création, le beau consiste dans le rapport de toute la nature créée au service de l'homme, dans le domaine de l'homme sur toute la création par l'intelligence, dans le concours mutuel que les hommes se prêtent, d'une part, pour se rapporter à eux-mêmes toute la nature créée, d'autre part, pour se rapporter eux-mêmes et avec eux toute la nature à Dieu. L'idéal de ce beau n'est réalisé que par l'Homme-Dieu. *Cum autem subjecta fuerint illi omnia : tunc et ipse Filius subjectus erit ei qui subjecit sibi omnia, ut sit Deus omnia in omnibus.* (I Cor., 15, 28.)

7. Le philosophe, s'adressant à la pure intelligence, lui montre, par la métaphysique, l'idée de ce beau, et détermine les rapports essentiels des êtres entre eux ; par la physique, il découvre la réalisation du beau dans l'ordre matériel ; par la morale, il détermine les règles du beau pour les agents libres ; en un mot, le philosophe montre le beau tel qu'il doit être, et tel qu'il est lorsque tout est et tout se fait selon la loi et la règle. Son objet est le beau essentiel.

8. L'écrivain littéraire ne se contente pas de montrer le beau, il l'exprime et le représente dans ses œuvres. Il ne s'adresse pas seulement à l'intelligence, il parle à toutes les facultés de l'homme. Il est poëte ou orateur. Poëte, il cherche à représenter le beau idéal et essentiel tel qu'il doit être et tel qu'il peut être absolument parlant ; orateur, il cherche à représenter le beau réel et pratique tel qu'il doit et tel qu'il peut être, les hommes et les choses étant tels qu'ils sont. Le poëte tend plus à faire admirer ; l'orateur, à faire agir. Le beau littéraire consiste donc dans la représentation ou l'expression du beau idéal et pratique. Le beau littéraire n'est pas le beau lui-même, il n'en est que l'écho et le reflet.

§ 5. *Fin des belles-lettres.*

9. L'homme n'est homme parfait que par la supériorité de son intelligence et de sa volonté sur la créature inintelligente, par la conformité de son esprit et de son cœur avec l'esprit et le cœur de ses semblables, s'ils sont ce qu'ils doivent être, par la conformité et par l'union de ses pensées et de ses affections avec la sagesse et la bonté de Dieu. Car Dieu a créé l'homme à son image et à sa ressemblance pour dominer tout ce qui remue dans les eaux, dans les airs et sur la terre (Gen., I, 26; Eccl., XVII, 1, 3, 4) ; et, en multipliant les hommes, il les a rendus responsables les uns des autres : *Manda-*

vit unicuique de proximo suo. (Eccl., XVII, 12.) Rétablir en son intelligence et en sa volonté l'image et la ressemblance divine par la vue et par l'amour du beau, c'est-à-dire de la convenance des rapports qui rallient toute la nature créée à l'homme et l'homme à Dieu, ramener les esprits et les cœurs de ses semblables à cette ressemblance divine par l'expression du beau dont on a soi-même conçu l'idée et l'amour; et par là rendre l'homme *plus homme*, telle est la fin de la parole et des lettres. C'est la fin même de l'homme, sans doute. Mais la parole surtout est le moyen extérieur donné à l'homme pour réaliser cette fin, et les belles-lettres ne mériteraient pas d'être appelés HUMANITÉS, lettres HUMAINES, *humaniores litteræ*, si leur fin spéciale ne se confondait pas avec la fin même de l'homme tout entier. Vainement donc il se flatterait de devenir orateur ou poëte véritable, celui qui ne se proposerait pas pour fin de s'élever lui-même et d'élever les autres au bonheur et à la gloire de la plus haute perfection que l'homme puisse atteindre par le développement de l'ensemble de ses facultés.

§ 6. *Facultés de l'homme.*

10. Tout homme a en lui-même, dans son intelligence, dans son cœur et dans son imagination, l'idée, le sentiment et l'image de ce beau; mais pour le concevoir, le sentir et le représenter de manière à le faire comprendre et voir, vouloir et aimer, il faut réunir toutes les facultés de l'âme à un degré plus qu'ordinaire.

Les facultés de l'âme sont de deux ordres : 1° les facultés purement spirituelles ou supérieures que l'âme peut exercer sans le secours du corps : ce sont l'intelligence, la volonté et la mémoire intellectuelle; 2° les facultés mixtes ou inférieures, que l'âme ne peut exercer sans le concours du corps et des sens : ce sont l'imagination, la sensibilité et la mémoire organique.

11. L'INTELLIGENCE est la faculté de connaître, c'est-à-dire, de se représenter les objets et leurs rapports tels qu'ils sont en eux-mêmes et indépendamment de toute forme sensible.

12. La VOLONTÉ est la faculté de tendre et de s'unir aux objets qui nous conviennent.

13. La MÉMOIRE INTELLECTUELLE est la faculté de se représenter de nouveau, quand et comme on le veut, les vérités déjà connues.

14. L'IMAGINATION est la faculté de se représenter les objets matériels et même spirituels sous une forme sensible.

15. La SENSIBILITÉ est la faculté de recevoir l'impression de la présence et du mouvement des corps réels ou imaginaires.

16. La MÉMOIRE ORGANIQUE est la faculté de se rappeler les images et les impressions reçues par les sens, ou même les vérités intellectuelles, sous des signes sensibles, tels que certains sons, certaines figures, par exemple les mots, les lettres, les gestes.

L'imagination, la sensibilité et la mémoire organique sont nécessaires pour concevoir, retenir et exprimer les vérités même purement intellectuelles; car dans l'état présent l'âme unie au corps ne peut pas avoir la conscience de ce qu'elle connaît et de ce qu'elle veut sans le concours d'images et d'impressions sensibles.

§ 7. *Jugement et goût.*

17. Du concours de ces facultés résultent deux opérations qui déterminent la conception et l'expression du beau : le jugement et le goût. Le JUGEMENT est un acte par lequel l'homme compare les objets et discerne le vrai du faux.

Le GOÛT est un acte par lequel l'homme s'attache à ce qui est bien, à ce qui convient, et rejette ce qui est mal, ce qui ne convient pas.

La réunion de toutes les facultés de l'âme à un degré supérieur constitue le génie ; à un degré ordinaire, elle constitue le talent.

§ 8. *Génie et talent.*

18. Le GÉNIE est la puissance de concevoir et d'inventer par soi-même quelque chose de grand et de le réaliser. Le TALENT est la facilité de bien disposer des moyens ordinaires. Le génie se mesure à la hauteur, à l'étendue, à la profondeur des vues, à l'énergie et à la simplicité des moyens d'exécution, à la difficulté et au nombre des obstacles vaincus. Il a besoin d'être soutenu d'une volonté forte, constante et fière, mais sans cet orgueil qui dédaigne et qui brave la majesté de ce qui lui est supérieur. Le talent se reconnaît à la justesse, à l'exactitude du coup d'œil, à l'habile combinaison des moyens qu'il emploie, à une certaine adresse qui lui fait éluder heureusement ou diminuer la force et le nombre des obstacles qu'il rencontre. Il lui suffit d'être secondé d'une volonté droite, patiente et souple, mais sans cette vanité qui descend jusqu'à la bassesse pour mendier le succès. Le génie découvre des rapports qui n'avaient encore été signalés par personne, il trouve des moyens d'exécution dont on ne soupçonnait pas même la possibilité, il saisit d'un coup d'œil la liaison et l'ensemble de certaines vérités, de certains faits qui au premier aspect sembleraient n'avoir entre eux aucune connexion, et c'est en ce sens que l'on dit, du génie, qu'il est créateur. Dans la réalité, l'esprit humain ne saurait ni créer ni inventer ; il ne peut atteindre que ce qui est. Il peut découvrir ce qui est caché, mais il ne peut ni donner l'être à ce qui n'est pas, ni inventer

ce qui n'existe pas. Le talent, au contraire, ne découvre pas le premier et par lui-même; il suit et vérifie ce que le génie a découvert; il perfectionne et achève les détails que le génie a négligés; il remonte et redescend pas à pas les degrés intermédiaires que le génie a franchis d'un seul bond. Le premier a le coup d'œil d'ensemble, le second a le coup d'œil de détail; celui-ci voit et veut en petit, celui-là voit et veut en grand; l'un réduit et voit tout en un, l'autre divise et voit tout un à un. Aussi est-ce par l'ensemble surtout et dans le plan que le génie est sublime et profond, au lieu que dans l'ensemble le talent se borne à être beau et régulier, juste et clair : il n'a de sublime que des traits, éclairs de génie, je le veux; mais ce ne sont que des éclairs. Peut-être que, sentant son infériorité, le talent se défie justement de lui-même; il ne songe qu'aux fautes à éviter, il tremble de vous heurter, de vous froisser, de vous déplaire. Toute son étude est d'observer ce qui vous plaît; il devine votre idée, votre opinion, vos goûts, vos désirs, et se plie, se soumet à votre pensée, à votre fantaisie, se fait à votre image, pour vous charmer, pour vous gagner, pour vous attirer et vous conduire précisément où vous voulez.

19. Inconnu à lui-même comme aux autres, cet homme avançait dans la vie : soudain un éclair a brillé à son intelligence, une idée l'a frappé. Il a entrevu je ne sais quoi; mais il a dit : *J'irai et je verrai*, et le jour s'est fait; un nouveau génie s'est levé. Étonné de cette lumière nouvelle qui lui découvre tout un monde nouveau, il étonne à son tour par la hardiesse de sa marche. Malheur à lui si repliant son regard sur lui-même, il vient à perdre de vue l'étoile qui devait le guider à cette vérité qui seule est toujours ancienne et toujours nouvelle! il n'aboutira qu'au précipice de l'orgueil et de la folie. Mais que, tout entier à son idée, il s'oublie lui-même, qu'oubliant la foule des hommes, il ose négliger, et même, s'il le

faut, heurter ce qu'on appelle l'opinion, et mépriser la gloire; que, sans se soucier ni des préjugés qui de leurs clameurs voudraient étouffer sa voix, ni des passions qui se croisent sur sa route, il poursuive le dessein, le but dont une intention soudaine lui a inspiré l'idée, il atteindra son but, il réalisera son dessein. Que lui importe à lui ce que vous pensez ou voulez? Ce qu'il voit, il le voit; ce qu'il veut, il le veut. Malgré vos résistances, il saura bien vous convaincre et vous entraîner. Il a dans sa force un secret que le talent ne connaît pas. Pour vous entraîner et vous convaincre, il vous enlève; et alors vous le voyez plier et soumettre tout à son idée, à son plan, à ses fins; il domine et gouverne à son image; il se pose devant son siècle, et lui dit: Regardez et suivez-moi. Ne croyez pas, au reste, que le talent lui manque; seulement il a en lui quelque chose qui le dispense de la plupart des calculs minutieux du simple talent, et c'est ce quelque chose qui s'appelle le génie. C'est par la force du génie que le sage atteint d'une fin jusqu'à l'autre: *Attingit a fine ad finem fortiter;* c'est par le charme du talent qu'il coordonne les moyens à la fin: *Disponit omnia suaviter.*

20. Parcourez les sciences, les arts, le gouvernement, vous distinguerez partout le génie et le talent aux traits que nous venons de signaler. Démosthène a plus de génie que de talent, Cicéron plus de talent que de génie. C'est par le génie que Bossuet vous élève et vous étonne; c'est par le talent que Massillon vous charme et vous pénètre. Au trait hardi d'un Michel-Ange vous avez reconnu le génie, et le talent au tour gracieux d'un Raphaël. Le talent politique de Philippe prépare la carrière au génie d'Alexandre; le talent si brillant d'un Pompée succombe sous le foudroyant génie d'un César. Si Charlemagne vous apparaît sur son trône comme le seul grand homme de son siècle, c'est que le génie se suffit à lui-même; tandis que Louis XIV ne semble devoir sa grandeur qu'à ce

juste coup d'œil du talent par lequel il sut réunir et grouper autour de sa personne tous les grands hommes de son royaume.

§ 9. *Règles.*

21. Ce qui distingue encore le génie et le talent, c'est que le talent calcule et dirige en tout sa marche d'après les règles tracées d'avance par la raison et l'exemple d'autrui. Pour le génie, on dirait qu'il n'existe pas de règles ; vous le voyez, ce semble, à chaque instant les franchir. Souvent, en effet, il sort des règles connues ; mais alors il est sa propre règle, ou plutôt il a pour règle et pour modèle un idéal plus parfait que tout ce qui avait été pensé jusque-là : c'est à lui qu'il appartient de frayer et de tracer au talent la ligne qu'il doit suivre et dont celui-ci ne s'écarterait pas impunément. Mais le vrai génie ne méprise ni les règles, ni ceux qui les signalèrent, ni ceux qui les suivent. Que sont, en effet, ces règles et ces préceptes contre lesquels se révoltent si fièrement certains esprits qui prennent pour génie les caprices de leur imagination ?

22. Les règles (*regula, a regendo*) sont des principes qui déterminent de quelle manière il convient de concevoir, d'ordonner et d'exprimer ses idées pour atteindre le but et produire l'effet que l'on se propose. Ces principes sont fondés sur la nature même de l'homme ; ils existaient avant qu'ils n'eussent été observés et formulés. Les poëtes et les orateurs ont précédé les poétiques et les rhétoriques. Après les premiers poëtes et les premiers orateurs vinrent des hommes judicieux qui cherchèrent et découvrirent par quel secret ces hommes avaient produit des effets si puissants d'enthousiasme et de persuasion. On observa ce qui contribuait, ce qui nuisait au succès ; l'on chercha dans la nature même des facultés de l'homme le principe et la raison de l'efficacité de la parole des uns, de la nullité de celle des autres ; et l'on proposa

comme modèles ceux qui avaient le mieux réussi à agir sur les âmes. Les règles et les modèles n'ont donc pas été déterminés arbitrairement, et d'après la simple autorité de quelques hommes. Les étudier et les suivre, c'est observer la marche que prescrit la raison et que suit le génie.

23. Il peut se trouver des hommes capables de se diriger d'eux-mêmes selon les règles, sans qu'il soit nécessaire de les leur indiquer par le précepte ou par l'exemple ; mais ils sont rares, si toutefois il s'en trouve, ces esprits assez pénétrants et assez sûrs pour découvrir par eux-mêmes, et sans le secours de personne, tous les éléments de succès, et de prévoir sans aucun guide tous les écueils où peut jeter l'inexpérience. Au reste, la connaissance des règles et des modèles ne donne pas le génie. Si Dieu vous a refusé ce don spécial de l'esprit et du cœur qui constitue le poëte ou l'orateur, en vain vous liriez tous les maîtres et tous les critiques, tous les orateurs et tous les poëtes : vous pourrez acquérir l'érudition de la littérature, vous pourrez parler et écrire comme les modèles et selon les règles ; mais vous ne serez jamais vous-même un modèle, jamais vous ne serez, pas même selon les règles, un orateur, un poëte.

> Ego nec studium sine divite vena,
> Nec rude quid prosit video ingenium ; alterius sic
> Altera poscit opem res et conjurat amice.
>
> (HORACE.)

§ 10. *Division des belles-lettres.*

24. Nous avons défini les belles-lettres, considérées comme œuvres littéraires, l'expression du beau par la parole orale ou écrite. Les ouvrages littéraires se distinguent donc en divers genres, selon la manière propre à chacun d'envisager et d'exprimer le beau. Mais, quelle que soit cette manière spéciale,

tous ayant le beau pour objet, il est des principes généraux communs à tous les genres, et des principes particuliers, spéciaux à chacun.

Ce qui est commun à tous les genres, c'est le style. Nous établirons d'abord les principes qui constituent le style en général.

25. Concevoir, coordonner et exprimer ses idées, telle est la triple opération de l'esprit, quand il s'agit de composer une œuvre littéraire. De là cette division si simple et si juste des plus solides traités sur les belles-lettres : invention, disposition, élocution. Vous voulez parler ou écrire, cherchez d'abord ce que vous avez à dire : voilà le fond, c'est le travail de l'invention. Coordonnez toutes vos idées au but que vous vous proposez : voilà la forme, c'est le travail de la disposition. Il ne reste plus qu'à exprimer hors de vous le dessein dont vous avez conçu l'idée et ordonné le plan dans votre intelligence, vous le ferez par la parole écrite ou orale, par l'élocution.

26. Mais l'élocution n'est pas le style. Le style est l'homme même, a dit Buffon. Le mot *style*, primitivement, ne désignait que l'instrument dont jadis on se servait pour tracer les lettres et pour signifier la pensée en imprimant sur la cire la figure de la parole. Le style est donc le cachet, le signe extérieur et sensible auquel on reconnaît le génie et le caractère propre d'un homme : *Ab ungue leonem*. C'est par le style que l'homme se révèle, se signe, se distingue; c'est aussi par le style que l'homme se forme. *Caput autem est, quod, ut vere dicam, minime facimus* (*est enim magni laboris, quem plerique fugimus*), *quam plurimum scribere. Stylus optimus et præstantissimus dicendi effector et magister.* (Cic., *de Orat.*, 1, 33.) N'espérez pas devenir poëte ou éloquent, en quelque genre que ce soit, si vous ne vous êtes fait un style, et un style qui soit le vôtre; si vous n'avez votre manière propre de penser, de tourner votre pensée, et de l'exprimer par

la parole ou par l'écriture. D'ailleurs l'étude et l'exercice du style sont la transition naturelle entre la grammaire, qui ne s'occupe que de la langue, et les belles-lettres, qui s'occupent de l'homme tout entier, soit par la poésie, soit par l'éloquence.

§ 11. *Distinction des genres littéraires.*

27. Les principes du style une fois posés, nous déterminerons les principes spéciaux d'après lesquels toutes les classes d'ouvrages littéraires peuvent se distinguer en deux genres : POÉSIE, ÉLOQUENCE.

Cette distinction est fondée, 1° sur l'usage ; 2° sur la différence de forme ; 3° sur la différence de fond.

1° L'usage, d'abord, doit être respecté lorsqu'il est antique et général. Cette constance et cet accord supposent une raison tirée de la nature même.

28. 2° La forme. Le vers et la prose constituent deux formes de style essentiellement distinctes. Le vers est la forme propre de la poésie. Nous en indiquerons la raison plus tard. La prose est la forme commune de la conversation des hommes entre eux et de l'exposition des sciences. Mais la conversation et l'exposition de la science ne deviennent littéraires qu'à la condition de s'élever au-dessus de la simple familiarité d'un entretien et de la sévère et froide évolution de l'enseignement, et alors la prose devient éloquence. Toutes les œuvres littéraires rentrent donc dans la division indiquée par l'usage, selon qu'elles revêtent la forme oratoire ou poétique.

29. 3° Cette distinction, au reste, ressort de l'objet qui fait le fond de l'une et de l'autre. Le beau est l'objet de l'éloquence comme de la poésie; mais le poëte se propose le beau idéal, l'orateur le beau pratique. Vous concevez un objet,

par exemple, un personnage, une action, un tableau, d'une perfection telle que, sans sortir des limites du possible et du vraisemblable, par le fait néanmoins cet objet n'existe pas hors de votre intelligence : vous avez conçu le beau idéal de la chose, de tel personnage, de telle action, de tel tableau.

La réalisation de cet idéal par la parole sera une sorte de création, une fiction de votre intelligence : vous êtes poëte (ποιητής, de ποιέω, *faire.*)

Vous voulez faire penser et agir les autres conformément à ce que vous avez conçu vous-même et résolu de grand, de bon et de beau ? Si vous dites bien, en d'autres termes, si vous parlez de manière à montrer que votre dessein, inspiré par la sagesse et par la vertu, doit aboutir au bonheur et à la gloire (*dico*, de δείκνυμι, *montrer*), votre parole est la parole par excellence (*éloquence, ab eloquendo*) ; elle recevra son nom de l'organe même de la parole (*ab ore oratio*); votre parole sera une semence (*sermo, a serendo, semer*), votre parole sera l'écho retentissant de la sagesse (*prædicatio*), et à votre voix la foule se ressemblera (*concio*) pour suivre le cours des raisons et des motifs que vous aurez réunis et coordonnés à un seul but (*discours, a dis-currendo*). Ce but est de convaincre l'intelligence et de persuader la volonté pour obtenir des hommes la réalisation du beau en leur personne et en leurs œuvres : aussi la parole de l'orateur est une *action*. Il ne parle que pour faire agir.

De là deux genres de compositions littéraires, ou d'expression du beau : la poésie, fiction du beau idéal ; l'éloquence, action du beau pratique.

30. Nous exposerons les principes spéciaux de la poétique d'abord, puis ceux de la rhétorique. La poésie doit précéder l'éloquence. Le beau idéal, l'idée, l'image, le sentiment du beau parfait et absolu étant le principe, la raison et la règle du beau réel et pratique, la poésie précède chronologique-

ment l'éloquence. Chez tous les peuples, il y eut des poëtes avant qu'il n'y eût des orateurs. Le chant prophétique de Jacob et le premier cantique de Moïse précédèrent le premier récit éloquent, l'histoire de la Genèse et de l'Exode. Orphée, Linus, Homère, sont venus avant l'éloquente histoire d'Hérodote, avant les harangues de Démosthène. Le but de l'éloquence est de faire voir, aimer et pratiquer le beau. Or, la pratique et l'action supposent la vue et la spéculation du type idéal. Aussi tout homme est poëte avant d'être orateur; car celui-là seul est orateur qui, poussé par l'enthousiasme qu'inspirent à un cœur généreux la vue et le sentiment de ce qui est vrai, bon et beau, ne peut résister à l'ardeur qui le presse de persuader aux autres la vérité et la vertu. *Pectus est quod disertos facit.—Credimus propter quod et loquimur.*

§ 12. *Plan de cet ouvrage.*

31. Tel sera donc le plan de ce traité : 1° Principes généraux pour former le style. — HUMANITÉS. 2° Principes spéciaux pour former le poëte et l'orateur. — POÉTIQUE et RHÉTORIQUE, en trois mots : STYLE, POÉSIE, ÉLOQUENCE.

Dans chacune de ces trois parties, nous suivrons l'ordre même des opérations de l'esprit : INVENTION, DISPOSITION, ÉLOCUTION.

PREMIÈRE PARTIE.

STYLE.

Nous traiterons, 1° des principes du style; 2° des moyens de se former le style; 3° des éléments de toute composition littéraire.

SECTION PREMIÈRE.

PRINCIPES DU STYLE.

32. Le STYLE est la manière propre à chacun d'exprimer sa pensée. Cette manière propre dépend du fond même de la pensée, de la forme intime ou du tour d'après lequel un esprit combine ses idées, et enfin de l'expression ou de la forme extérieure sous laquelle on rend sa pensée par les mots : en d'autres termes, le style dépend et résulte de la manière de concevoir, d'ordonner et de rendre les choses.

33. Nous parlerons donc, 1° de l'invention ou conception des choses par la pensée; 2° de la disposition ou de l'ordonnance intime qui détermine la forme et comme la figure de

la pensée; 3° de l'élocution ou de la manière d'exprimer par les mots les pensées telles que l'esprit les a conçues et combinées. Il nous faut pour cela considérer, 1° les pensées; 2° les figures; 3° les mots.

CHAPITRE PREMIER.

PENSÉES.

34. La PENSÉE (*pendo*, *penso*, *je pèse*) est l'acte par lequel l'esprit compare deux idées et juge les rapports qu'elles ont entre elles.

Ex.: *Dieu est bon.—Le méchant n'est pas heureux.* J'examine et je compare l'idée de *Dieu* et de *bonté*, et j'affirme que la *bonté* convient à *Dieu*. Je compare l'idée de méchant et l'idée de *bonheur*, et je nie que le *bonheur* puisse s'accorder avec la *méchanceté*.

35. L'IDÉE (εἴδω, *je vois*, *je sais*) est la représentation que l'esprit se forme d'un objet.

36. On appelle IMAGE la représentation que l'esprit se fait d'un objet matériel, ou même spirituel, sous une forme sensible.

37. On appelle SENTIMENT le mouvement qui porte l'âme à s'approcher ou à s'éloigner d'un objet qui lui est représenté par l'idée ou par l'image.

Ex.: Soit *la vertu*, *le vice*. Je me représente ce qui constitue la vertu, le vice. J'ai l'*idée* de la vertu, du vice. Je me représente la vertu sous la forme d'une fleur, le vice sous la forme d'un animal hideux : voilà une *image*. D'après l'idée ou l'image que je me suis faite de la vertu, du vice, je me sens porté à aimer la vertu et à la rechercher, à haïr le vice et à l'éviter ;— j'éprouve un *sentiment*.

Nous appellerons SENTIMENT, au point de vue littéraire, la

pensée par laquelle l'esprit se représente un mouvement de l'âme.

Nous dirons, 1° quelles QUALITÉS doivent avoir toutes les pensées; 2° quels CARACTÈRES les distinguent entre elles.

ARTICLE PREMIER.

QUALITÉS DES PENSÉES.

38. Toute pensée doit être, 1° *vraie*, 2° *claire*.

39. 1° La VÉRITÉ de la pensée dépend de la vérité des idées, des images et des sentiments sur lesquels l'esprit porte son jugement.

L'idée est vraie lorsqu'elle représente l'objet tel qu'il est en lui-même.

L'image est vraie lorsqu'elle représente l'objet matériel tel qu'il se montre; ou, s'il s'agit d'un objet purement intellectuel, lorsqu'il y a ressemblance entre la représentation sensible et cet objet.

Ainsi, quand je me représente Dieu sous la figure d'un vieillard, l'image est fausse, en ce qu'elle prête à Dieu une forme sensible; elle n'est vraie qu'à raison de l'idée de majesté et d'éternité que réveille en moi l'image du vieillard.

La vérité du sentiment consiste dans sa conformité avec le mouvement de l'âme que l'on se représente.

40. La pensée sera vraie, si elle joint ensemble les idées, les images ou les sentiments qui s'accordent entre eux; elle sera fausse, si elle associe des idées, des images ou des sentiments qui se contredisent.

Pensée vraie.

Du devoir il est beau de ne jamais sortir;

Pensée fausse.

Mais plus beau d'y rentrer avec le repentir.

(VOLTAIRE.)

Image fausse.

Mortem avium turbæ *nix* infert *atra loquaci.*

Sentiment faux.

Quelle glace ne fondrait à la chaleur de vos belles larmes?

(BALZAC.)

41. 2° La CLARTÉ de la pensée consiste dans une représentation ou dans un sentiment tel que l'esprit reconnaisse facilement quel est l'objet représenté ou quel est le mouvement de l'âme ressenti.

La pensée sera *distincte*, si l'esprit peut discerner jusqu'aux moindres nuances des objets de l'idée ou de l'image, jusqu'aux plus légères émotions dont l'âme éprouve le sentiment.

La pensée est *obscure* lorsque l'esprit ne peut discerner l'objet indiqué par l'idée ou par l'image, ou l'émotion de l'âme annoncée par le sentiment.

Elle est *confuse* lorsque l'esprit peut, il est vrai, reconnaître l'objet, mais sans en démêler les nuances.

Pensée claire et distincte.

Infelix Dido, nulli bene nupta marito :
Hoc fugiente, peris ; hoc pereunte, fugis!

(AUSONE.)

Pensée obscure.

Une créature disloquée ne saurait être recousue.

(V. HUGO.)

Pensée confuse.

La fin de l'industrie est l'entière absorption de la nature dans l'humanité.

(V. COUSIN.)

ARTICLE SECOND.

CARACTÈRES DES PENSÉES.

42. Outre les qualités que doit avoir toute pensée, il est certains caractères particuliers qui donnent à chacune une physionomie spéciale. Ces caractères varient selon la nature de l'objet, et surtout selon la manière de concevoir ou de sentir. Le nombre de ces nuances diverses est indéfini; la limite qui les sépare est le plus souvent imperceptible; on peut toutefois les rapporter à trois caractères principaux qui constituent autant de genres différents de style : style simple, tempéré, sublime.

§ 1. *Style simple.*

43. Le style SIMPLE naît sans effort, du moins apparent, d'une vue nette et lucide des objets, ou bien d'un mouvement de l'âme naturel et spontané. Vous vous adressez directement à la raison ou au cœur; vous ne prétendez ni saisir l'intelligence, ni frapper l'imagination, ni entraîner la volonté; vous ne voulez qu'instruire et montrer la vérité, vous ne songez qu'à exposer clairement ce que vous savez, ce que vous sentez : votre pensée est simple, votre style le sera.

44. La justesse, la nouveauté, la naïveté et le naturel font tout le mérite de ce style. S'il n'offre aucun de ces caractères, il aura quelque chose de négligé et de lâche, de commun et de vulgaire, de bas et de trivial, de sec et de froid, et il sera sans attrait.

I. Justesse.

45. La JUSTESSE consiste à concevoir et à représenter l'objet tel qu'il est sous tous les rapports.

Deum time, et mandata ejus observa : hoc est enim omnis homo.
(*Ecclés.*, 12.)

Infelix Dido, nulli bene nupta marito :
Hoc fugiente, peris ; hoc pereunte, fugis!
(AUSONE.)

46. La pensée est lâche, négligée, incomplète, lorsque l'esprit se contente d'entrevoir et d'indiquer quelques traits d'un objet ou d'une vérité que, du reste, on n'a ni raison ni l'intention de déguiser.

II. Nouveauté.

47. La NOUVEAUTÉ conçoit et présente une vérité sous des rapports qui n'avaient pas encore été saisis ou présentés.

48. La pensée COMMUNE conçoit et présente les choses telles que tout le monde les voit de prime abord.

Elle devient VULGAIRE lorsqu'elle juge comme les gens ignorants et grossiers.

Pensée commune.

La tristesse ne dure pas toujours.

La même pensée rendue neuve.

Sur les ailes du temps la tristesse s'envole.
(LA FONTAINE).

III. Naturel.

49. Le NATUREL consiste dans une telle conformité de l'idée, de l'image ou du sentiment avec la vérité, que l'on est surpris de n'avoir pas ainsi pensé ou senti le premier.

JOAD (à Josabeth).
Vous changez de couleur, princesse?

JOSABETH.
Ah! sans pâlir
Puis-je voir d'assassins le temple se remplir?
(RACINE.)

50. A force de vouloir être et rester naturel, on s'expose à devenir sec et froid. La SÉCHERESSE, craignant de voiler la vérité sous les fleurs, rejette toute image; la FROIDEUR, de peur d'exagérer le sentiment, s'interdit toute émotion. Le style sec et froid s'adresse à la pure raison, sans rien ajouter qui puisse flatter l'imagination et toucher le cœur. On ne le supporte que chez les métaphysiciens et chez les mathématiciens, lorsque leur but n'est autre que d'exposer, ou de démontrer à l'aide du simple raisonnement.

IV. Naïveté.

51. La naïveté consiste dans la vue soudaine d'une vérité fort claire, mais que l'on ne soupçonnait pas, ou bien dans un premier mouvement qui échappe à l'âme tout naturellement, et auquel toutefois on ne s'attendait pas.

La naïveté étonne par un je ne sais quoi de spontané et d'imprévu, et cependant de si vrai et de si naturel, que l'on est surpris de n'avoir pas eu soi-même cette pensée ou ce sentiment.

Henri-Quatre à bateau passait un jour la Loire.
Le nautonnier, robuste, homme de cinquante ans,
Avait les cheveux blancs,
La barbe toute noire.
Le prince, familier et bon,
Voulut en savoir la raison.
La raison, pardi, sire, est toute naturelle,
Répondit le manant, qui ne fut pas honteux :
C'est que mes cheveux
Sont vingt ans plus vieux qu'elle.

ATHALIE à Joas.

Je prétends vous traiter comme mon propre fils.

JOAS.

Comme votre fils ?

ATHALIE.

Oui : vous vous taisez ?

JOAS.

Quel père
Je quitterais ! et pour...

ATHALIE.

Eh bien !

JOAS.

Pour quelle mère !

52. La naïveté diffère de ce qu'on appelle *une naïveté.* La naïveté est le propre d'un enfant ingénu qui a de l'esprit sans s'en douter. Une naïveté est une sottise qui échappe à l'irréflexion.

53. Ne prenez pas non plus pour la naïveté la BASSESSE et la trivialité qui voit, juge et sent d'après les premiers instincts de la nature inférieure et dégradée.

Une naïveté.

On racontait à un enfant la mort de Pyrrhus :

Ah ! s'écrie-t-il, *je mourrais* de honte *d'avoir été tué* de la main d'une femme !

Bassesse.

Un enfant gourmand voit arriver sur la table un mets délicieux, il se prend à pleurer :

Qu'avez-vous, lui demande-t-on ? — *Hélas ! je n'ai plus faim.*

Modèles du style simple.

54. **ÉCRITURE SAINTE.** GENÈSE : *Histoire de Joseph.* — TOBIE. — JONAS. — SAINT LUC. — *L'Enfant prodigue.*

GRECS. HOMÈRE, *passim.* — XÉNOPHON : *Cyropédie.* — *Retraite des Dix mille.*

LATINS. PHÈDRE, *passim.* — HORACE : *Satires, Épîtres.* — VIRGILE : *Églogue* 1re. — CICÉRON : *la plupart des narrations du discours* de Signis. — CORNÉLIUS NÉPOS.

FRANÇAIS. La Fontaine : *Fables, passim.* — *V. g. la Laitière et le Pot au lait.* — La Bruyère, *passim.* — Fénélon : *Télémaque, passim.*

§ 2. *Style tempéré.*

55. Le style tempéré (*mediocris, floridus, expolitus*) est ainsi nommé parce qu'il tient le milieu entre le style simple et le style sublime. Il naît surtout de l'imagination, dont le propre est d'embellir, de colorer et d'animer les premières conceptions de l'intelligence et de pousser les émotions spontanées du cœur afin de les faire ressortir. Son but et son effet sont principalement de plaire, tantôt par la finesse de la pensée, tantôt par la délicatesse du sentiment, tantôt par la grâce ou l'éclat de l'image. Ce qui le distingue spécialement du genre simple aussi bien que du genre sublime, c'est l'art. — Mais la finesse peut dégénérer en subtilité prétentieuse ou puérile, la délicatesse en flatterie ou en affectation ridicule; la grâce peut devenir mollesse, l'éclat peut donner dans le clinquant.

I. Finesse.

56. La finesse ne regarde et ne montre la vérité que sous un côté, pour vous laisser le plaisir ou la peine de deviner le reste ou d'en découvrir la raison. Son but est le plus souvent de mordre, tout en paraissant craindre de vous toucher.

Quelque bien qu'on dise de nous, on ne nous apprend rien de nouveau!

Ci-gît Piron, qui ne fut rien,
Pas même académicien. (Piron.)

57. La finesse dégénère en subtilité prétentieuse quand elle n'a d'autre but que de montrer de l'esprit, et en puérilité quand elle ne roule que sur les jeux de mots.

Voiture veut féliciter un prélat des fleurs qui naissent

dans son esprit; il lui mande qu'il a reçu un *bouquet* sur des bords où il ne croît pas un *brin d'herbe* :

L'Afrique, ajoute-t-il, ne m'a rien fait voir de plus nouveau que vos ouvrages; en les lisant à l'ombre de ses *palmes*, je vous *les* ai souhaitées toutes.

II. Délicatesse.

58. La DÉLICATESSE, comme la finesse, mais dans un but différent, semble n'entrevoir et ne montrer qu'à demi l'idée ou le sentiment. Elle laisse deviner ce qui, déclaré ouvertement, pourrait offenser l'amour-propre ou faire rougir la modestie. Il faut de la délicatesse pour louer et pour blâmer, pour féliciter et pour consoler, pour demander et pour remercier.

59. La délicatesse a sa source dans l'exquise pureté d'un cœur docile aux moindres émotions; la finesse résulte de cette vue subtile d'un esprit habile à saisir les nuances les plus légères, et surtout le ridicule.

In solis tu mihi turba locis.

(TIBULLE à un ami.)

Grand roi, cesse de vaincre ou je cesse d'écrire.

(BOILEAU à Louis XIV.)

Voyez la prière d'Abraham pour Sodome. (Gen., c. 18.) — La réponse du même à son fils Isaac. (Gen., c. 22, v. 7 et 8.) — La parabole dont Nathan se sert pour reprocher à David son crime à l'égard d'Urie. (II Reg., c. 12.) — Le discours de la reine de Saba à Salomon. (III Reg., c. 10.) — L'épître de saint Paul à Philémon.

60. La délicatesse dégénère en FLATTERIE lorsqu'elle loue ce qui est mal, ou qu'elle donne à entendre des sentiments que l'on n'éprouve pas. Elle devient AFFECTATION lorsqu'on cherche à voiler ce qui ne demande aucun déguisement.

Balzac, pour consoler un homme affligé, lui écrit :

Votre éloquence rend votre douleur contagieuse, et quelle glace ne fondrait à la chaleur de vos belles larmes.

III. Grâce.

61. La GRACE de l'esprit consiste à concevoir et à présenter les objets et les sentiments sous un aspect riant et qui flatte agréablement les sens.

Le début du Cantique de Moïse :

Audite, cœli, quæ loquor... Concrescat ut pluvia doctrina mea, fluat ut ros eloquium meum, quasi imber super herbam, et quasi stillæ super gramina. (Voyez aussi v. 10 et 11. — DEUT., 32.)

Dominus regit me... entier. (DAVID, ps. 22.)

Numquid oblivisci potest mulier infantem suum, ut non misereatur filio uteri sui? Et si illa oblita fuerit, ego tamen non obliviscar tui. (ISAÏE, c. 49.)

Jésus-Christ à Jérusalem : Jerusalem, Jerusalem... quoties volui congregare filios tuos, quemadmodum gallina congregat pullos suos sub alas, et noluisti ? (MATTH., 24.)

Il donne aux fleurs leur aimable peinture ;
Il fait naître et mûrir les fruits,
Il leur dispense avec mesure
Et la chaleur des jours et la fraîcheur des nuits.

(RACINE.)

Incipe, parve puer, risu cognoscere matrem.

(VIRGILE.)

62. La grâce touche à la MOLLESSE qui conçoit et présente l'objet ou le sentiment sous des images propres à séduire ou à endormir les sens, soit par le charme dissolvant de la volupté, soit par les délices d'un repos énervant. On nous dispensera de donner des exemples.

63. L'ÉCLAT de la pensée résulte de la représentation d'images dont l'aspect brille, frappe et réveille les sens.

Nitor smaragdi collo præfulget tuo,
Pictisque plumis gemmeam caudam explicas.

(PHÈDRE, l. 3, f. 15.)

Voyez aussi la Fontaine : Le paon se plaignant à Junon. — Voyez encore : (Ps. 18.) Tableau brillant de l'ordre physique et moral. — (Ps. 103.) Tableau de la création. — (Ps. 147, 148, 149, 150.) Gloire de Dieu dans ses œuvres et dans ses saints.

64. Le CLINQUANT ou faux éclat cherche à faire briller ce qui au fond est sans valeur :

> C'est l'emphatique et burlesque étalage
> D'un faux sublime enté sur l'assemblage
> De ces grands mots, clinquant de l'oraison,
> Enflés de vent et vides de raison.
>
> (ROUSSEAU.)

Modèles du style tempéré.

65. **ÉCRITURE SAINTE**. *Le Cantique de Moïse :* Audite cœli, *Deut.* 32. — *Bonheur du juste,* Ps. 1. — *Confiance en Dieu,* Ps. 83. — *La Femme forte,* Prov. 31. — *Venue du Messie,* Isaïe, c. 11.

GRECS. HOMÈRE : *Iliade*. — *Le Bouclier d'Achille,* chant 18. — *Les Jeux,* chant 23.

LATINS. VIRGILE : *Énéide*. — *Les Jeux,* liv. 5e ; *l'Élysée,* liv. 6e. — HORACE : liv. 1, ode 3 : *Sic te diva potens ;* ode 4 : *Solvitur acris hyems ;* ode 13 : *O navis referent;* ode 20 : *Quis desiderio, etc.*

FRANÇAIS. FÉNELON : *Télémaque, passim.* — Par ex. : *Grotte de Calypso.* — RACINE, *passim.* — LA FONTAINE : *le Chêne et le Roseau,* — *Phébus et Borée,* etc.

§ 3. *Style sublime.*

66. Le style SUBLIME, que Cicéron appelle *gravis, amplus, copiosus, vehemens,* résulte d'un ensemble d'idées et d'images dont l'objet ou les rapports étonnent par la grandeur, l'éten-

due, la profondeur, l'élévation; ou de sentiments qui annoncent dans l'âme une émotion vive, forte et profonde, un élan hardi, noble et généreux.

67. La source du sublime est dans le cœur. A force de méditer un sujet et de le considérer, vous y avez découvert un point de vue nouveau, d'où l'œil embrasse un horizon sans bornes et jusque-là inconnu. L'enthousiasme s'empare de votre âme. Avec Archimède, vous vous êtes écrié : Εὕρηκα. Il faut que le monde étonné admire avec vous l'idée ou l'image qui vous a transporté vous-même. — Une émotion profonde a saisi votre cœur, une résolution généreuse s'est emparée de votre âme, et vous prétendez seul lutter contre tous les obstacles, ou bien entraîner la foule sur vos pas; le sentiment qui vous domine vous fait dominer vous-même, et vous élève au-dessus du vulgaire : vous êtes sublime.

68. Le sublime de l'idée et de l'image a donc sa source au cœur, aussi bien que le sublime de sentiment. Ce n'est pas du sentiment, c'est de la pensée que Vauvenargues a dit : « Les grandes pensées viennent du cœur. » C'est du siége de la passion que part l'enthousiasme qu'inspirent l'idée et l'image du beau et du grand. Le génie le plus haut ramperait à terre, si le génie était possible sans un grand cœur. Or, le cœur s'adresse au cœur. Le sublime ne veut rien moins que l'homme tout entier. Il n'étonne que pour saisir, il ne saisit que pour enlever, il ne vous enlève que pour vous terrasser, si vous êtes un adversaire, et pour vous transporter ou vous élever à sa hauteur, si vous êtes prêt à suivre. Mais pour arriver là, il faut enlever l'intelligence, frapper les sens, et, par la raison et l'imagination, parvenir jusqu'au cœur. Car, chez l'homme, c'est la volonté qui, par la force de son libre arbitre, résiste la dernière à l'action de la parole de l'orateur et du poëte; c'est elle aussi qui, une fois vaincue, commande à toutes les autres facultés. Le sublime n'est donc atteint que

lorsque le cœur est frappé. *Flectere victoriæ est.* (Cicéron.)

69. Le sublime est le plus haut degré que puisse atteindre l'homme; mais les extrêmes se touchent : aussi la simplicité, qui est le premier degré de l'échelle dans la gradation des pensées, convient tellement au sublime, qu'elle en est un des caractères distinctifs. Le sublime est essentiellement simple; c'est une inspiration soudaine et spontanée qui naît, sans avoir été cherchée, d'une vue intuitive de l'intelligence, d'un transport rapide de l'imagination, ou du mouvement généreux d'un grand cœur. Vous voulez être sublime, ne cherchez pas à l'être; soyez-le, pour ainsi dire, à votre insu, et pour cela, soyez simple.

70. La différence toutefois est grande entre la simplicité et la sublimité. Le sublime est toujours simple, mais toute simplicité n'est pas sublime. C'est qu'outre la simplicité, le sublime a un autre caractère également essentiel; ce caractère, c'est d'étonner. La simplicité étonne aussi; mais dans ce sens que l'on est surpris de n'avoir pas eu soi-même cette idée, cette image, de n'avoir pas vu ce rapport, de n'avoir pas éprouvé en soi-même ou soupçonné dans les autres ce sentiment, — tant cette idée, cette image, ce sentiment sont naturels. La sublimité étonne dans un sens tout contraire. L'idée, le sentiment sublime vous semblent tellement surhumains, que vous êtes étonné, non de ne les avoir pas eus, mais bien de ce qu'un homme ait pu les avoir. Vous reconnaissez franchement que vous n'auriez pas eu ce coup d'œil, que vous n'auriez pas eu cette audace. L'enthousiasme de l'admiration vous arrache l'aveu de la supériorité qui élève ce génie ou ce cœur si fort au-dessus de vous et du commun des hommes. La sublimité étonne souvent celui même qui, par une inspiration soudaine, vient de découvrir une vérité ou un rapport qu'il ne soupçonnait pas, ou bien qui, par un mouvement spontané, vient de prendre une résolution ou de ressentir en son cœur un élan

dont il ne se sentait pas capable, et même qu'il croyait à peine possible aux héros. Ainsi la simplicité, cet heureux oubli de soi-même qui va directement à son but, sans retour et sans arrêt en sa propre supériorité, est-elle absolument nécessaire pour que le sublime ne dégénère pas en orgueil, en enflure, et bientôt en extravagance.

71. Enfin, le sublime étonne précisément par la simplicité inattendue de ce coup d'œil qui découvre et révèle soudainement un rapport entre deux objets, ou un moyen d'atteindre une fin dont on ne soupçonnait pas l'existence ou la possibilité, et qui suppose un génie d'une conception ou d'une imagination presque surhumaine, ou bien un caractère d'une force et d'une puissance pour ainsi dire surnaturelles.

72. Le sublime, c'est Moïse esquissant en quelques mots toute la genèse du monde; Moïse devant Pharaon, et lui déclarant en maître qu'il ait à laisser partir Israël; Moïse levant sa verge sur la mer Rouge et divisant ses flots; Moïse chantant le triomphe du bras de Dieu sur Pharaon englouti dans les ondes; Moïse brisant les tables du Sinaï, et après avoir vengé l'honneur de son Dieu, se prosternant pour obtenir la grâce de son peuple; Moïse annonçant à Israël le grand prophète dont il n'est que la figure; Moïse enfin, lorsque, sur le point de mourir, il résume dans un chant solennel les bienfaits, les promesses et les menaces du Dieu de Jacob.

73. Le sublime, c'est David lorsqu'il célèbre les merveilles de la création (Ps. 135), la délivrance d'Israël (Ps. 77, 104, 105, 106, 113), les combats et les triomphes futurs du Sauveur et de son Église (Ps. 2, 17, 21, 28, 45, 64, 67, 71, 75), la grandeur de l'Homme-Dieu (Ps. 8, 46, 47, 49, 96, 97, 109), la force et la gloire du juste (Ps. 26, 90, 110 et 111), et la chute des impies (Ps. 13, 52, 58, 78).

74. Vous demandez ce que c'est que le sublime? Contemplez avec Isaïe la majesté du Dieu trois fois saint (c. 6), l'or-

gueil et la chute de Lucifer (c. 14), l'arrivée triomphale de Cyrus (c. 44 et 45), le règne glorieux de l'Église (c. 60) et de l'Homme-Dieu (c. 63 et 66). Parcourez tous les prophètes, et si leur enthousiasme divin ne vous transporte pas, ne demandez plus ce que c'est que le sublime, vous êtes incapable de le comprendre.

75. Le sublime ! Écoutez : L'ange annonce à la Vierge qu'elle deviendra mère d'un Dieu (Luc., c. 1); Marie chante les merveilles que le Très-Haut a opérées en elle (Luc., c. 1); le disciple du cœur révèle le secret de la génération du Verbe et annonce le Verbe fait chair (Joan., c. 1).

76. Le sublime ! Écoutez : Le Dieu-Homme parle. Il pose sur Pierre les fondements de son Église (Matth., c. 16); aux Juifs frémissant d'une haine jalouse il déclare ce qu'il est : *Amen, amen diço vobis, antequam Abraham fieret,* EGO SUM (Joan., c. 8); il annonce les signes effrayants qui doivent précéder la ruine de Jérusalem et la fin du monde (Matth., c. 24); il se nomme, et les soldats du grand prêtre tombent renversés à ses pieds (Joan., c. 18). Debout et les mains liées derrière le dos, il annonce, à ceux qui osent le citer à leur tribunal, qu'ils le verront un jour descendre sur les nues (Luc., c. 22; Marc., c. 14); le front couronné d'épines, il parle en roi au représentant de César (Joan. 14); la haine et le mensonge appellent sur le juste l'infamie, les tourments et la mort, la mort de la croix, et le juste se tait; cloué à la croix, il ne dit que sept paroles, et la première est un pardon pour ses bourreaux.

77. Qu'il est grand lorsque, avec la sublime simplicité de la toute-puissance, il envoie douze pêcheurs enseigner les nations (Matth., c. 28); Pierre le proclame Christ et souverain du monde à ceux-là mêmes qui l'ont crucifié (Act., c. 2); Paul l'annonce au milieu de l'aréopage, et dans ses brûlantes épîtres, sans se soucier ni de la sagesse, ni de l'éloquence hu-

maine, dans une langue qu'il est obligé de se créer, dans une phrase qui vainement s'étend, s'allonge et soudainement se brise, puis de nouveau s'élance, se presse, s'amoncelle et tout à coup s'arrête, hésite, se croise et recule pour se dérouler encore, il redit à tous les peuples, et les secrets de la foi, et les attraits de la grâce, et les splendeurs de l'Église; il ne peut se lasser d'exalter le grand nom de Jésus : son éternelle génération, sa mort, sa résurrection, son règne, son retour solennel au son de la trompette qui réveillera les morts; il retrace, mais avec quels coups de pinceau, les combats des justes que soutint l'attente du Sauveur, l'éclair qui le terrassa lui-même, son ravissement au troisième ciel, ses travaux, ses luttes, ses souffrances et son invincible amour pour celui qui seul est grand ! Voilà le sublime. Encore une fois, le sublime naît du cœur. Si vous n'avez pas de cœur, jamais vous ne comprendrez le sublime. Le sublime à vos yeux semblera folie.

78. Descendons de ces hauteurs. Oublions un instant que les régions de l'ordre surnaturel sont la patrie de l'intelligence et du cœur d'un chrétien. Supposons que nous ne sommes que de simples mortels, nous trouverons encore du sublime dans Homère, lorsque son Achille n'a besoin que de paraître pour faire reculer par trois fois toutes les phalanges d'Ilion; dans Platon, lorsqu'il trace le portrait du vrai sage (Théétète), ou celui du juste (Républ., liv. 2), et qu'après lui avoir fait endurer tous les maux et l'avoir fait expirer sur une croix, il ose demander lequel des deux, de l'injuste triomphant, ou du juste crucifié, est le plus heureux.

79. Nous pourrons encore éprouver les émotions du sublime aux éclats de la foudre de Démosthène, lorsque l'amour de la patrie l'inspire contre un Philippe, ou qu'il fait gronder le tonnerre de son éloquence sur la tête de l'imprudent sycophante qui a osé lui contester la gloire d'avoir conseillé à sa

patrie ce que réclamait l'honneur. L'orateur romain sera sublime aussi lorsque, par les coups redoublés de sa parole, il atterre le Catilina de ce temps-là ; lorsqu'il retrace les supplices qu'un Verrès a osé faire souffrir à l'innocence, qu'il célèbre les vertus militaires d'un Pompée, qu'il arrache à un César l'arrêt de mort de Ligarius, qu'après avoir exalté la clémence de ce même César au-dessus de ses incroyables triomphes, il trouve assez de hardiesse pour dire à l'ambitieux dictateur : *Constitue rempublicam !*

80. Mais le génie chrétien est appelé à des transports d'un ordre supérieur. Jeune homme, vous demandez où est le type du vrai sublime de l'idée, de l'image et du sentiment, retournez aux livres inspirés, peut-être alors vous sera-t-il donné de vous élever à la hauteur de l'aigle de Meaux, lorsque, planant sur la tombe des héros et des rois, il révèle le néant des grandeurs humaines (*oraisons funèbres de la reine d'Angleterre, de la duchesse d'Orléans, du grand Condé*), ou qu'embrassant d'un regard l'ensemble des peuples et des âges, il déroule le tableau des grandes révolutions du monde (*Discours sur l'histoire universelle*).

81. D'après ce qui vient d'être dit sur le style sublime, il est facile de déterminer les caractères qui le distinguent. Ce sont la vivacité, la hardiesse, la force, la profondeur, la noblesse, et enfin le sublime proprement dit.

La vivacité peut dégénérer en rudesse, la hardiesse en extravagance, la force en dureté, la profondeur en obscurité, la noblesse en enflure, le sublime en phébus.

I. Vivacité.

82. La VIVACITÉ conçoit et présente les objets et leurs rapports, ressent et communique les émotions de l'âme, avec une soudaineté qui frappe l'esprit et le cœur avant qu'on ait pu se mettre en garde.

Dixi : nunc cœpi. (*Ps.* 76.)
Dixi : ubinam sunt? (*Deut.* 32, 36.)
Veni, vidi, vici. (César.)

Que vouliez-vous qu'il fît contre trois?

LE VIEIL HORACE.

Qu'il mourût!
(Corneille.)

Je suis votre roi, vous êtes Français : voilà l'ennemi!
(Henri IV.)

83. La vivacité devient **rudesse** lorsqu'elle est continue, ou du moins trop fréquente ou trop violente. Les secousses électriques et les mutations subites ne plaisent que par intervalles, et à la condition d'étonner, mais sans renverser.

Maudit soit l'auteur dur, dont l'âpre et rude verve,
Son cerveau tenaillant, rima malgré Minerve;
Et de son lourd marteau martelant le bon sens,
A fait de méchants vers douze fois douze cents.
(Boileau, imitant le style de Chapelain.)

II. Hardiesse.

84. La **hardiesse** conçoit et présente les objets sous un rapport et un point de vue qui, au premier abord, paraît invraisemblable, tant il est neuf et extraordinaire. La hardiesse est encore cet élan d'une âme qui semble vouloir et commander l'impossible.

Moïse, debout à la porte du camp des Hébreux, adorateurs du veau d'or, s'écrie:

Si quis est Domini jungatur mihi. (*Exod.*, 32.)

Moïse intercède auprès de Dieu pour Israël :

Aut dimitte eis hanc noxam ; aut si non facis, dele me de libro tuo quem scripsisti. (*Exod.*, 32.)

Josué, près de Jéricho, rencontre un guerrier qui se présente l'épée nue ; il va droit à lui, et lui dit :

Noster es, an adversariorum ? (JOSUÉ.)

Paul s'écrie :

Cum infirmor, tunc potens sum. (II Cor., c. 12.)

César, à son pilote, au fort d'une tempête :

Quid times ? Cæsarem vehis.

Et cuncta terrarum subacta,
Præter atrocem animum Catonis.

(HORACE, l. 2, od. 1.)

Contre tant d'ennemis que vous reste-t-il ?

MÉDÉE.

Moi !

(CORNEILLE.)

Xerxès écrit aux Spartiates de rendre les armes ; Léonidas répond :

Viens les prendre !

Post equitem sedet atra cura.

(HORACE.)

Le chagrin monte en croupe et galope avec lui.

(BOILEAU.)

85. La hardiesse devient EXTRAVAGANCE, lorsque l'on va jusqu'à s'imaginer ou à vouloir des choses absolument impossibles.

Tel est ce blasphème de l'impie :

Dixit insipiens in corde suo : *Non est Deus !* (Ps. 13.)

Tel aussi ce cri de l'orgueilleux Lucifer :

Ascendam super altitudinem nubium, similis ero Altissimo. (ISAÏE, c. 14, ℣ 13 et 14.)

Et ce cri du pécheur :

Non serviam. (JÉRÉM., c. 2.)

Écoutez encore l'orgueil de Tyr :

Elevatum est cor tuum et dixisti : *Deus ego sum, et in cathedra Dei sedi in corde maris;* cum sis homo et non Deus, et dedisti cor tuum quasi cor Dei.

Nabuchodonosor à la vue de sa Babylone :

Nonne hæc est Babylon magna quam ego ædificavi in domum regni, in robore fortitudinis meæ, et in gloria decoris mei. (DANIEL, c. 4.)

Strada dit, pour peindre l'ardeur des soldats dans un combat :

Dimidiato corpore pugnabant sibi superstites et peremptæ partis ultores.

III. Force.

86. La FORCE conçoit et présente les objets et leurs rapports à ce point de vue précis d'où ressort le secret de leur inébranlable solidité.

La force du sentiment consiste dans une résolution généreuse et hardie, mais froide, ferme et calme.

87. La différence est grande entre la vivacité, la hardiesse et la force. La vivacité brille comme l'éclair, part comme la foudre. C'est un premier regard, regard de génie, si le coup d'œil est juste et vaste. C'est un premier élan qui renversera tout, s'il ne rencontre pas d'obstacles. La force ne voit et ne juge pas si vite, elle attend que le jour se fasse ; mais alors elle affirme avec une certitude que rien ne peut ébranler. — Elle délibère avant de se déterminer ; mais une fois son parti arrêté, aucune puissance au monde ne la ferait reculer, ni même l'empêcherait d'avancer. La force peut s'allier avec la vivacité, mais elle ajoute à la célérité du premier regard la fermeté du jugement ; à la soudaineté du premier élan l'invincible constance qui tôt ou tard finit toujours par triompher.

88. La force diffère aussi de la hardiesse. Ce qui rend une pensée, une image, un sentiment hardi, c'est que l'on ne

voit pas d'abord la possibilité, ni même la vraisemblance des rapports entrevus par l'idée, ou des résolutions inspirées par le sentiment; tandis que la force voit et sent le principe de sa puissance. Lorsque vous voyez l'homme hardi s'avancer, vous craignez pour lui et vous demandez : Comment parviendra-t-il? Vous ignorez ses moyens, et lui-même les ignore, quoiqu'il en ait cette secrète assurance sans laquelle il ne serait que téméraire et extravagant. — Mais que l'homme fort se présente, chacun se dit : Il triomphera! La force est donc supérieure à la hardiesse; car elle suppose la claire vue de la vérité, la pleine assurance de soi-même, tandis que la hardiesse ne fait qu'entrevoir ce qu'elle affirme, elle n'a qu'un instinct de la possibilité de ce qu'elle ose vouloir. La force, au reste, se plaît souvent à feindre la hardiesse. Un orateur avance une proposition qui paraît invraisemblable, mais qu'il est sûr de prouver : sa hardiesse n'est qu'apparente. Colomb poursuit un monde nouveau; après tout, il se peut que ce monde n'existe pas : son entreprise est hardie. Étudiez les caractères de la force dans les exemples suivants :

Réponse de Matathias aux envoyés d'Antiochus. (I Mach., c. 2, ℣. 19 et suivants.)

Réponse de Judas à ses guerriers qui lui conseillent de fuir devant une armée sept fois plus forte que la sienne :

Si appropiavit tempus nostrum, moriamur in virtute propter fratres nostros, et non inferamus crimen gloriæ nostræ. (I Mach., c. 9.)

La force du juste. (Voy. S. Matthieu, c. 7, ℣. 24.)

Saint Pierre et saint Jean, aux pontifes qui leur défendaient de prêcher au nom de Jésus :

Si justum est, in conspectu Dei, vos potius audire quam Deum, judicate: non enim possumus, quæ vidimus et audivimus, non loqui. (*Act.*, c. 4.)

Saint Paul :

Si Deus pro nobis, quis contra nos? (Rom., 8.)

Voyez aussi les ℣. 35 et suivants.

Hector à Polydamas, qui l'engage à suspendre le combat, parce que les présages sont défavorables :

Εἷς οἰωνὸς ἄριστος, ἀμύνεσθαι περὶ πάτρης.
(*Iliade*, XII, 243.)

89. La force devient DURETÉ et ROIDEUR lorsqu'elle est trop continue, trop fréquente. Le style est dur lorsque, sans égard pour les facultés inférieures de l'âme, l'esprit ne conçoit et ne présente les vérités qu'au point de vue de la pure raison, ou qu'il ne représente les objets matériels que dans leurs éléments constitutifs.

Telle est la manière de concevoir des métaphysiciens et le mode d'imaginer des géomètres ou physiciens. On peut citer pour exemple du style fort, mais dur, Aristote, et en général les traités élémentaires de philosophie, de mathématiques, de physique, d'histoire naturelle, les tableaux chronologiques d'histoire, etc.

S'il s'agit du sentiment, la force dégénère en dureté lorsqu'elle exige le devoir ou qu'elle l'accomplit sans pitié pour la faiblesse humaine, ou lorsque, pour atteindre ses fins, elle va jusqu'à violer un ordre ou une loi supérieure.

Joab est dur, lorsque, sans égards pour les larmes de David sur le sort d'Absalon, il exige qu'il se montre à son armée. — Brutus et Manlius condamnent eux-mêmes leurs propres fils, et les font exécuter sous leurs yeux. — Ils pouvaient et devaient s'épargner ce spectacle. — Caton préfère le suicide à une ombre de servitude. Ce n'est plus la force, c'est un crime. Observons, au reste, que la force ne devient dure que par faiblesse. L'homme qui a besoin de se roidir pour supporter un malheur ou pour exécuter un grand dessein, est évidemment faible, en comparaison de celui qui sans effort soutient et soulève les plus pesants fardeaux.

IV. Profondeur.

90. La profondeur pénètre jusqu'au fond et à l'essence des choses ; elle en conçoit et en présente la plus intime raison, le premier principe et la dernière fin. L'esprit profond, saisissant les deux termes extrêmes d'un rapport, les rapproche, et dans une seule proposition, il voit et montre, mais sans l'indiquer, toute une série de vérités. Aussi les hommes profonds disent beaucoup en peu de mots.

Parcourez les livres sapientiaux, vous rencontrerez la profondeur à chaque verset.

Aristote a dit que, *pour se passer de la société, il faut être un dieu ou une brute.*

Quanto scientia est perfectior, tanto est magis unita. (S. THOMAS, Somme, III, Q. a. 6.)

Beatus est qui habet quæcumque vult, et nihil male vult. (S. AUGUSTIN.)

Bonum, quo universalius, eo divinius.

Nemo plus agit, quam qui unum agit. (S. IGNACE.)

91. La profondeur devient obscure lorsque les termes de la proposition sont tellement éloignés, que l'esprit même le plus exercé ne peut en découvrir le rapport et la raison.

Voyez plus haut (numéro 41) deux exemples tirés, l'un de V. Hugo, et l'autre de V. Cousin, ces deux types de la profondeur obscure, le premier en poésie, le second en philosophie.

V. Noblesse.

92. La NOBLESSE (*nobilitas, a noscendo*) conçoit et présente les choses sous un aspect qui les relève et les fait ressortir au-dessus de leur entourage. C'est encore ce mouvement d'une âme qui s'élève au-dessus des sens, des passions, du commun des hommes et d'elle-même. La noblesse suppose presque toujours la hardiesse et la force,

mais une hardiesse et une force si calme et si facile, qu'elle semble toute naturelle.

Voyez la réponse d'Abraham au roi de Sodome. (Genèse, c. 14, ℣. 22.)

Voyez la réponse de Moïse à Pharaon, qui le menace de mort s'il reparaît devant lui :

Ita fiet ut locutus es, non videbo ultra faciem tuam. (*Exode*, c. 10, ℣. 29.)

Josué déclare au peuple qu'il ait à choisir entre Dieu et les idoles, et il ajoute :

Ego autem et domus mea serviemus Domino. (JOSUÉ, 24.)

Daniel refuse les offres de Balthasar :

Munera tua sint tibi, et dona domus tuæ alteri da. (DAN., c. 5, ℣. 17.)

Voyez la réponse de Matathias à l'envoyé d'Antiochus. (I Mach., c. 2, ℣. 19 et 20.)

Judas Machabée :

Melius est nos mori in bello, quam videre mala gentis nostræ et sanctorum. (I. MACH.)

Voyez aussi l'exemple cité plus haut. (I Mach., c. 9, ℣. 10.)

Saint Paul à l'envoyé des magistrats de Philippes :

Cæsos nos publice, indemnatos, homines Romanos miserunt in carcerem, et nunc occulte nos ejiciunt? Non ita : sed veniant. (*Act.*, c. 16, ℣. 37.)

Sublimis esto vita, et non superbia.

(S. BASILE.)

Audire magnos jam videor duces
Non indecoro pulvere sordidos...

(HORACE.)

Louis XII, invité à punir ceux qui avaient traversé ses projets lorsqu'il n'était que duc d'Orléans, répond :

Ce n'est pas au roi de France à venger les injures du duc d'Orléans.

93. La noblesse dégénère en ENFLURE lorsque l'on conçoit et que l'on présente comme supérieur ce qui ne l'est pas,

comme grand ce qui est vide et creux; elle devient sotte et vaine fierté, si vous vous élevez au-dessus des autres hommes par une estime exagérée de votre propre mérite ou de votre rang, et par le mépris du mérite et de la dignité d'autrui.

Épitaphe de Charles-Quint.

Pro tumulo ponas orbem, pro tegmine cœlum,
Sidera pro facibus, pro lacrymis maria.

Cette épitaphe peut s'appliquer à tous les animaux que l'on jette à la voirie.

Napoléon, jaloux de la puissance spirituelle du pape, s'écrie :

Il garde les âmes, et me jette le cadavre.

VI. Sublime.

94. La sublimité, comme nous l'avons longuement développé plus haut, consiste dans cette élévation de l'âme qui résulte de la vivacité, de la hardiesse, de la force, de la profondeur et de la noblesse des pensées, des images ou des sentiments. Mais le SUBLIME proprement dit consiste dans ce trait simple et soudain qui étonne l'âme, et qui, tantôt arrête l'intelligence ou suspend l'imagination par l'idée ou par l'image d'un objet, d'un rapport ou d'un effet dont la réalisation suppose une puissance supérieure à tout ce que l'esprit humain peut concevoir; tantôt détermine dans le cœur une de ces résolutions ou un de ces sentiments dont on ne croyait pas l'homme capable.

Sublime de pensée.

95. *Dixitque Deus : Fiat lux! et facta est lux.* (Genèse.)

Ipse dixit, et facta sunt : ipse mandavit, et creata sunt. (Ps. 148.)

Dominus regnabit in æternum et ultra. (Exod., c. 15, ℣. 19.)

Dixi : ubinam sunt ? (Deut., c. 32, ℣. 26.)

Dieu ordonne à Moïse d'aller délivrer Israël de la servitude de l'Égypte ; Moïse demande ce qu'il devra répondre si le peuple veut savoir quel est le nom de celui qui l'envoie, et Dieu lui dit : EGO SUM QUI SUM. — *Sic dices filiis Israël :* QUI EST *misit me ad vos.* (Exode, c. 3.)

Jésus s'avance au-devant de ceux qui viennent l'arrêter, et leur dit : *Quem quæritis ?* Ils répondent : *Jesum Nazarenum.* Jésus leur dit : EGO SUM ! et les soldats tombent à la renverse. (Joan., c. 18.)

Sublime d'image.

96. *Et surrexit Elias propheta, quasi ignis, et verbum ipsius quasi facula ardebat.* (Eccli., c. 48, ℣. 1.)

Stetit et mensus est terram, aspexit et dissolvit gentes. (Hadbacuc, c. 3, ℣. 6.)

Et surrexit Judas, qui vocabatur Machabæus... et protegebat castra gladio suo. (I Mach., c. 3, ℣. 3.)

Le tableau de la mer (Job, c. 38, ℣. 8-11) : *Et dixi : Usque huc venies, et non procedes amplius, et hic confringes tumentes fluctus tuos !*

Qui respicit terram et facit eam tremere,
Annuit, et totum nutu tremefecit Olympum.
(VIRGILE.)

Sublime de sentiment.

97. Dieu dit : *Quem mittam ? Et quis ibit nobis ?* Isaïe répond : ECCE EGO, MITTE ME. (Isaïe, c. 6.)

Voyez aussi le refus des trois jeunes Hébreux d'adorer la statue de Nabuchodonosor. (Daniel, c. 3.)

La réponse d'Éléazar à ceux qui lui conseillent de faire

semblant de goûter aux viandes défendues. (II Mach., c. 6.)

Celle de Matathias aux envoyés d'Antiochus. (I Mach., c. 2, ℣. 20.)

Celle de Judas Machabée à ceux qui lui conseillent de fuir. (I Mach., c. 9, ℣. 10.)

Je crains Dieu, cher Abner, et n'ai point d'autre crainte.
(RACINE.)

Que vouliez-vous qu'il fît contre trois?

LE VIEIL HORACE.

Qu'il mourût.
(CORNEILLE.)

Contre tant d'ennemis que vous reste-t-il?

MÉDÉE.

Moi.
(CORNEILLE.)

Quid times? Cæsarem vehis.

98. Le style sublime diffère, sans doute, du sublime proprement dit; mais, encore une fois, il n'y a pas de sublimité dans le style sans l'élévation ou la profondeur, la noblesse ou la force, la hardiesse ou la vivacité de l'idée, de l'image ou du sentiment. Pour vous en convaincre, étudiez la paraphrase que fait Racine de ce trait sublime du Psalmiste :

Vidi impium superexaltatum et elevatum sicut cedros Libani, et transivi, et ecce non erat! (Ps. 36, ℣. 35.)

J'ai vu l'impie adoré sur la terre :
Pareil au cèdre, il cachait dans les cieux
Son front audacieux ;
Il semblait à son gré gouverner le tonnerre,
Foulait aux pieds ses ennemis vaincus :
Je n'ai fait que passer, il n'était déjà plus.
(*Esther*.)

Le dernier trait seul atteint le sublime proprement dit; il efface l'impression des précédents; ce qui n'empêche pas que les pensées et les images fières et hardies des premiers vers ne nous aient d'abord étonné. La chute rapide de l'impie ne nous saisirait pas, l'opposition entre sa grandeur passée et la soudaineté de sa ruine ne nous frapperait pas, si cette grandeur n'eût été portée au plus haut point. Tous les traits de ce tableau appartiennent donc au genre sublime; mais le dernier est le sublime proprement dit.

99. Sans la grandeur de la pensée, de l'image ou du sentiment, les grands mots et les phrases sonores ne produisent qu'un vain éclat, un vain bruit, et ne sont que du *phébus* et de l'*emphase*. Tel ce début du poëte cyclique :

> Fortunam Priami cantabo et nobile bellum;

et cet autre :

> Je chante le vainqueur des vainqueurs de la terre.
> (*Premier vers du poëme d'Alaric, par* SCUDÉRI.)

Idéal du sublime de pensée, d'image et de sentiment.

100. Étudiez et comparez l'idéal du sublime dans le portrait du grand homme tracé par les grands maîtres, sous le nom de *Sage* ou de *Juste;* étudiez-le surtout dans les esquisses inspirées des écrivains sacrés; efforcez-vous d'élever à cette hauteur votre manière habituelle de penser et de sentir, et vous aurez trouvé le secret du sublime.

Contemplez d'abord l'idéal du Sage et du Juste. David vous le montrera dans le calme habituel de la force au psaume 111, puis vous le verrez aux prises avec l'adversité au psaume 21, et vous le suivrez dans son triomphe au psaume 23. Vous étudierez aussi la femme forte au chapitre 31 des Proverbes. Au livre de la *Sagesse*, Salomon vous le fera voir circonvenu par les méchants heureux et puissants; vous assisterez ensuite à son triomphe et à la ruine des impies (c. 2-5). Isaïe le voit écrasé, mais invincible sous le poids de toutes les tribulations conjurées. Mais si vous voulez avoir un tableau complet du type surnaturel de la grandeur, écoutez et méditez le sermon de Jésus-Christ sur la montagne (Matth., c. 5, c. 6 et c. 7) et l'instruction aux apôtres. (Matth., c. 10.)

Je ne sais si, après cette étude, vous pourrez encore admirer le SAGE de Platon dans son portrait du philosophe (Théétète) et son JUSTE au livre II de la République. Vous serez du moins étonné de voir le génie païen se rencontrer parfois avec l'idéal chrétien. Vous rencontrerez aussi dans les cinq premières odes du troisième livre d'Horace des traits que ne désavoueraient pas le Sage et le Juste chrétiens.

Tel est ce coup de pinceau pour exprimer la vanité des plaisirs de l'impie :

Districtus ensis cui super impia
Cervice pendet, non siculæ dapes
Dulcem elaborabunt saporem ;
Non avium citharæque cantus
Somnum reducent.

(HOR., lib. 3, od. 1.)

Tel surtout ce tableau de la vertu :

Virtus, repulsæ nescia sordidæ,
Intaminatis fulget honoribus ;
Nec sumit aut ponit secures,
Arbitrio popularis auræ.
Virtus recludens immeritis mori
Cœlum, negata tentat iter via ;
Cœtusque vulgares et udam
Spernit humum fugiente penna.

(Id., lib. 3, od. 2.)

Et cet autre :

Justum et tenacem propositi virum,
Non civium ardor prava jubentium,
Non vultus instantis tyranni
Mente quatit solida ; neque Auster,
Dux inquieti turbidus Adriæ,
Nec fulminantis magna Jovis manus :

Si fractus illabatur orbis,
Impavidum ferient ruinæ.

(HORACE, lib. 3, od. 3.)

Et le départ de Regulus. (Ibid., od. 5, v. 41-56.)

101. Après avoir étudié le sublime idéal de la grandeur, il sera beau et utile de voir cet idéal réalisé dans la personne des grands hommes. Le fils de Sirach vous offre, comme une galerie de tableaux, la série des portraits d'un Abraham, d'un Moïse, d'un Josué, d'un David, d'un Salomon, d'un Élie et d'un Onias. (Eccli., c. 44, 45, 46, 47, 48 et 50.) Vous contemplerez Job sur son fumier (Job, c. 1 et 2), et l'invincible Judas Machabée, aussi grand dans sa chute triomphale (I Mach., c. 9, ℣. 5-29) que lorsque de son glaive il protégeait le camp d'Israël. (I Mach., c. 3, ℣. 1-9.) Et enfin, vous étudierez le grand homme peint par lui-même dans la personne et les écrits de Paul, réalisant, à chaque pas de sa vie, le portrait que lui-même a tracé de la divine charité. (I Cor., c. 13.) Voyez-le, en effet, lutter contre tous les obstacles et les surmonter tous. (II Cor., c. 4; c. 6, ℣. 3-10; c. 11, ℣. 18-33, etc. 12, ℣. 1-12.)

Et s'il vous semble impossible d'élever votre intelligence à la hauteur de cette surnaturelle sagesse et votre cœur au niveau de cette surhumaine justice, Paul, dans la plus sublime de ses épîtres, vous révélera le secret du SAGE, du JUSTE, du GRAND homme chrétien : *Justus autem meus ex fide vivit.* Et il vous montrera ce que peut cette foi. Lisez dans l'épître aux Hébreux le ch. 11, ℣. 38 et 39; le ch. 12; et si la vue de tant de beaux modèles ne suffit pas pour vous élever au-dessus de vous-même, regardez l'Auteur même de votre foi. (Hébr., c. 12, ℣. 1-4.) Si vous ne savez pas résister jusqu'au sang, vous ne serez jamais sublime qu'en paroles.

ARTICLE TROISIÈME.

UNITÉ OU CONVENANCE DES PENSÉES.

102. La distinction entre les diverses nuances des pensées est réelle; car elle repose sur la différence des objets qu'elles représentent et des effets qu'elles produisent. Toutefois ces divers caractères se combinent et s'unissent souvent dans la même pensée et dans le même sentiment. Ainsi, la naïveté suppose toujours la simplicité, le naturel et la nouveauté; mais on peut être simple, naturel et neuf sans être naïf. La finesse devient d'autant plus piquante qu'elle est plus vive. La délicatesse résulte ordinairement de l'alliance de la grâce avec la finesse. La hardiesse ne va presque jamais sans la vivacité. La force naît souvent d'une hardiesse calme ou d'une vivacité concentrée. La noblesse n'existe pas sans la force, mais c'est la force majestueuse et polie. Inutile de revenir sur les caractères qui doivent se réunir dans une pensée pour atteindre le sublime, nous n'avons peut-être que trop insisté sur ce caractère des pensées.

103. Le point capital, lorsque vous méditez un sujet et que vous cherchez à le concevoir en votre esprit par l'idée, à vous le rendre sensiblement présent par l'image, à l'animer en votre cœur par le sentiment, la règle première et dernière qui comprend toutes les autres, et que cependant l'art ne saurait enseigner, c'est la CONVENANCE. *Caput artis decere, et tamen unum id est quod tradi arte non possit. Ut enim in vita, sic in oratione, nihil est difficilius quam quid deceat videre.* (Cicéron.)

104. La convenance des pensées consiste, 1° dans un heureux mélange des idées, des images et des sentiments de diverses nuances, d'où il résulte que vous vous adresserez tour

à tour aux diverses facultés de l'homme, et que vous parlerez tantôt à l'esprit, tantôt à l'imagination, tantôt au cœur. Vous aurez alors trouvé le secret de cette variété dans l'unité, qui captive et puis repose, qui alternativement éclaire et touche, qui charme, récrée et bientôt réveille, puis soudain frappe, étonne et transporte, ou bien, peu à peu saisit, suspend, enlève et ravit l'âme tout entière.

105. La convenance consiste, 2° dans le rapport et la conformité des idées, des images et des sentiments avec le sujet, c'est-à-dire avec la nature, le génie, le caractère, l'âge, le pays, l'état, le rang, les dispositions présentes de ceux que l'on fait parler, ou de ceux à qui l'on s'adresse. Enfin, ce qui détermine surtout la conception intime de la pensée et du sentiment, c'est le but et l'effet que l'on se propose. Sachez ce que vous voulez, et veuillez-le ; dès lors vous serez vrai et clair, et, selon l'exigence du sujet et de votre but, vous saurez être tour à tour fort et gracieux, vif et brillant, ou bien noble et délicat, simple, fleuri ou sublime. *Is est eloquens qui et parva submisse, et modica temperate, et magna graviter potest dicere.* (Cicéron.)

Soyez simple avec art,
Sublime sans orgueil, agréable sans fard.

(BOILEAU.)

CHAPITRE SECOND.

FIGURES.

106. L'invention des choses par l'idée qui les conçoit, par l'image qui les peint, par le sentiment qui les anime, n'est que le fond et comme la matière du style. Ce qui caractérise et constitue cette manière propre à chacun de concevoir, d'imaginer et de sentir, ce par quoi le style est l'homme, c'est-à-dire le cachet et l'empreinte, l'image et le caractère propre

d'un écrivain, ce qui, en un mot, donne au style sa forme, ce sont les figures.

107. Les **figures** (de *fingo*, façonner) consistent dans un certain tour que l'esprit donne à l'idée ou à l'image qu'il a conçue et au sentiment qu'il éprouve, afin d'éclairer plus vivement l'intelligence de ceux auxquels il veut parler, de captiver plus sûrement leur imagination, ou d'émouvoir plus victorieusement leur cœur. Les figures sont encore, si l'on veut, une certaine manière de disposer et de coordonner les idées ou les images dont l'ensemble constitue chaque pensée et les divers mouvements de l'âme qui, par leur choc ou par leur union, déterminent un sentiment, de façon à faire passer la pensée dans l'esprit des autres, à leur faire voir des yeux de l'imagination le tableau qu'on veut leur présenter, à leur communiquer l'émotion que l'on éprouve soi-même.

108. C'est par les figures que le style devient poésie et éloquence. Elles sont la lumière, la vie, la force, les nerfs, le mouvement du style. Sans ces tours, le style est terne et sans couleur, roide et sans grâce, monotone et sans variété, froid et sans verve, lâche et sans énergie, et enfin nul et sans efficacité. Lorsqu'un orateur ou un écrivain vous endort, vous fatigue, qu'il ne vous fait et ne vous laisse aucune impression, examinez, et vous observerez ou qu'il n'emploie aucune figure, ou qu'il emploie toujours la même.

Distinction des figures.

109. On distingue communément deux sortes de figures : les figures de mots et les figures de pensée. Les premières consistent tellement dans les mots, que, si on les change, la figure disparaît; les autres consistent uniquement dans le tour de la pensée, en sorte que la figure demeure la même, quoiqu'on change les expressions :

> *Abner*, le brave *Abner* viendra-t-il nous défendre?
>
> (Racine.)

Supprimez la répétition du mot *Abner*, la figure disparait : c'est une figure de mots.

> Répondez, cieux et mers, et vous, terre, parlez !
> (RACINE.)

Changez les expressions, retranchez, ajoutez, l'apostrophe, dit-on, n'en subsistera pas moins. C'est une figure de pensée.

110. Qu'il nous suffise d'avoir indiqué cette division, mais qu'il nous soit permis de ne pas la suivre. Elle nous semble peu fondée. Il n'existe pas une seule figure de pensée que vous ne puissiez détruire par un léger changement dans les mots ou dans la disposition de la phrase. Ainsi, dans l'exemple cité, dites :

> Que les cieux et les mers répondent, et que la terre parle !

La figure s'est évanouie par un simple changement dans la combinaison des mots.

D'une autre part, la plupart des tours que l'on range parmi les figures de mots sont de véritables figures de pensée. Chaque mot, en effet, représente une idée. Dans l'exemple cité, vous pouvez dire qu'il y a répétition de l'idée d'*Abner*, aussi bien que du mot qui sert à le nommer. Il en est de même de tous les *tropes* qui, plus que toute autre figure, peut-être, reposent précisément sur le travail de la pensée. Aussi laissant cette distinction, qui nous semble plus apparente que réelle, nous considérerons toutes les figures comme un tour donné à la pensée.

Classification des figures.

111. Les figures consistent donc dans un tour particulier donné à un ensemble d'idées, d'images ou de sentiments, dans une certaine manière de disposer et de coordonner, selon l'effet que l'on se propose, les idées dont se compose une pensée, les images dont l'ensemble forme un tableau, les

mouvements de l'âme dont la combinaison produit un sentiment.

112. Nous reconnaissons tout ce que la classification suivante offre d'arbitraire, et nous avouons qu'il est certaines figures qui semblent appartenir également à chacune des classes que nous distinguerons. Toutefois il semble que l'on peut rapporter toutes les figures à trois sources principales et distinctes, et qu'il est permis de les distinguer en figures de raison, d'imagination et de sentiment, selon que l'élément qui ressort le plus du tour de la pensée, est une idée, une image ou un mouvement.

113. En effet, parmi les figures, les unes sont des tours inventés principalement par la raison de celui qui parle ou qui écrit, et qui s'adressent surtout à l'esprit de l'auditeur, soit pour exciter son attention, soit pour lui rendre une vérité, un fait, une preuve plus claire et plus frappante. Leur but est surtout d'instruire et de convaincre. Nous les appellerons FIGURES DE RAISON OU DE RAISONNEMENT.

114. Les autres sont des tours inventés plutôt à l'aide de l'imagination, et qui par là même s'adressent surtout à l'imagination de l'auditeur, soit pour captiver simplement en lui cette faculté volage, en la charmant par un tableau qui l'occupe et l'aide à suivre les idées que l'on veut présenter à l'entendement, soit pour la frapper par une impression sensible qui grave profondément les choses dans son âme. Leur but est surtout de plaire, souvent aussi de préparer l'âme à l'émotion que l'on achèvera de déterminer par l'emploi des figures de la troisième classe. Nous appellerons ces tours FIGURES D'IMAGINATION OU D'IMAGE.

115. Enfin les autres sont des tours qui semblent inspirés par la passion, et qui s'adressent surtout à la volonté, au cœur et aux passions de l'auditeur, afin de le toucher, de l'exciter, de le remuer et de l'entraîner. Ce sont ces figures surtout qui

donnent de la verve et de la véhémence au style. Leur but est d'achever la victoire de la persuasion commencée par l'idée, préparée par l'image, et d'enlever l'homme tout entier en déterminant la volonté et le cœur à vouloir et à aimer ce qu'on lui propose, et par là même à agir en conséquence. Nous appellerons ces tours FIGURES DE PASSION OU DE MOUVEMENT.

ARTICLE PREMIER.

FIGURES DE RAISON.

116. Les principales figures de raison sont : 1° la Périphrase, 2° l'Allusion, 3° l'Antithèse, 4° la Prétermission, 5° la Litote, 6° l'Atténuation, 7° l'Occupation, 8° la Concession, 9° la Communication, 10° la Correction, 11° la Gradation, 12° la Sentence, et 13° l'Épiphonème.

117. La PÉRIPHRASE OU CIRCONLOCUTION, au lieu de présenter simplement une idée, l'enveloppe de tours et d'images accessoires, soit pour la rendre plus frappante, soit au contraire pour voiler ce qui demande à être déguisé ou adouci.

Virgile veut faire ressortir l'éclat d'une belle matinée ; au lieu de dire simplement : *Mane erat*, il s'exprime ainsi :

> Jamque rubescebat stellis Aurora fugatis.

N'osant désigner le *porc* par son nom, Delille emploie cette périphrase :

> Et d'une horrible toux les accès violents
> Étouffent l'*animal qui se nourrit de glands.*

Mithridate ne veut pas avouer qu'il a été vaincu ; il enveloppe cette idée sous des images :

> Tandis que l'ennemi, par ma fuite trompé,
> Tenait après son char un vain peuple occupé,
> Et gravant en airain ses frêles avantages,
> De mes États conquis enchaînant les images.
>
> (RACINE.)

Cicéron ne dit pas que les gens de Milon ont tué Clodius, *Interfecerunt*, mais, *Fecerunt id servi Milonis... neque imperante, neque sciente, neque præsente domino, quod suos quisque servos in tali re facere voluisset.*

118. L'ALLUSION réveille l'idée d'une chose connue sans en faire mention expresse; elle se tire de l'histoire, de la fable, de quelque maxime célèbre.

> Certain renard *gascon*, d'autres disent *normand.*
>
> (LA FONTAINE.)

Allusion à la jactance reprochée aux Gascons et aux Normands.

119. L'ANTITHÈSE (ἀντὶ τίθημι) rapproche des idées opposées, afin de les faire mieux ressortir.

> Emit morte immortalitatem.
>
> Vicieux, pénitent, courtisan, solitaire,
> Il prit, quitta, reprit la cuirasse et la haire.
>
> (VOLTAIRE.)

120. La PRÉTERMISSION OU PRÉTÉRITION consiste à feindre d'ignorer ou de ne vouloir pas dire ce que l'on sait et ce que l'on dit fort bien :

> Qu'est-il besoin, Nabal, qu'à tes yeux je rappelle
> De Joad et de moi la fameuse querelle,
> Quand j'osai contre lui disputer l'encensoir;
> Mes brigues, mes combats, mes pleurs, mon désespoir?
>
> (RACINE.)

121. La LITOTE (λιτός, simple, mince, ténu) semble amoindrir les choses, et toutefois son but est de les faire ressortir.

Tite-Live, voulant s'appuyer de l'autorité de Polybe, dit de lui : *Non spernendus auctor.*

Horace, dans le même sens, dit de Pythagore : *Non sordidus auctor naturæ verique.*

Chimène, pour laisser entendre à Rodrigue qu'elle l'aime encore, lui dit : *Va, je ne te hais point!*

122. L'ATTÉNUATION dit les choses de manière à les faire paraître moins qu'elles ne sont en effet.

Les amis de Verrès appellent son brigandage, *morbum et insaniam*.

Voyez plus haut (117) les périphrases dont se servent Mithridate et Cicéron, le premier pour atténuer sa défaite, le second pour déguiser le meurtre de Clodius par Milon.

Sire, dit le renard, vous êtes trop bon roi ;
Vos scrupules font voir trop de délicatesse :
Hé bien! manger moutons, canaille, sotte espèce,
Est-ce un péché? Non, non : vous leur fîtes, seigneur,
En les croquant beaucoup d'honneur.
Et quant au berger, l'on peut dire
Qu'il était digne de tous maux,
Étant de ces gens-là qui sur les animaux
Se font un chimérique empire.

(LA FONTAINE.)

123. L'OCCUPATION OU PROLEPSE prévient une objection en la faisant et y répondant d'avance :

Il a tort, dira l'un, pourquoi faut-il qu'il nomme?
Attaquer Chapelain ! ah ! c'est un si bon homme !
Balzac en fait l'éloge en cent endroits divers :
Il est vrai, s'il m'eût cru, il n'eût point fait de vers.
Il se tue à rimer ! que n'écrit-il en prose?
Voilà ce que l'on dit. Eh ! que dis-je autre chose ?

(BOILEAU, *Satire* 9.)

124. La CONCESSION accorde une chose qui paraît contraire au parti que l'on soutient, mais elle en tire aussitôt avantage.

Habes igitur, Tubero, quod est accusatori maxime optandum, confitentem reum ; sed tamen ita confitentem se in ea parte fuisse qua te, Tubero.

(CICÉRON, *pro Ligario.*)

La satire 9e de Boileau : « *C'est à vous, mon esprit*, etc., repose tout entière sur une concession où éclate la malice la plus spirituelle.

125. La COMMUNICATION compte tellement sur la force de ses raisons, qu'elle les expose familièrement, même à l'adversaire, et semble s'en rapporter à sa décision :

Dis, Valère, dis-nous, puisqu'il faut qu'il périsse,
Où penses-tu choisir un lieu pour son supplice?
Sera-ce entre ces murs que mille et mille voix
Font résonner encor du bruit de ses exploits?
Sera-ce hors de ces murs, au milieu de ces places
Qu'on voit fumer encor du sang des Curiaces?
(CORNEILLE.)

126. La CORRECTION semble se rétracter ou se reprendre, mais ce n'est que pour redire la même chose autrement, ou même avec plus de force encore :

O stultitia! Stultitiamne dicam an impudentiam singularem?
(CICÉRON, *pro Cœlio.*)

Puisque vous le voulez, je vais changer de style.
Je le déclare donc : Quinault est un Virgile, etc.
(BOILEAU, *Satire* 9.)

127. La GRADATION présente une suite d'idées, d'images, ou de sentiments, ou simplement de nuances de la même pensée, dont la force va toujours croissant ou diminuant. Ainsi, la gradation est ascendante ou descendante.

Abiit, excessit, evasit, erupit. (CICÉRON, *in Catilin.*)
Nihil agis, nihil moliris, nihil cogitas, quod ego non modo non audiam, sed etiam non videam planeque sentiam. (Id., *ibid.*)

128. La SENTENCE est une réflexion courte et vive, inspirée par le sujet même, et qui renferme une maxime générale que l'on veut graver dans l'esprit :

Je suis jeune, il est vrai ; *mais aux âmes bien nées,*
La valeur n'attend pas le nombre des années.
(CORNEILLE, *Cid.*)

129. Quand la sentence vient comme conclusion d'un récit, d'un tableau ou d'un raisonnement, on l'appelle ÉPIPHONÈME.

Après le tableau des luttes de la flotte troyenne contre les flots, Virgile s'écrie :

> Tantæ molis erat Romanam condere gentem !
>
> (*Æneid.* lib. 1.)

Après avoir décrit les cruautés de Polymnestor :

> Fas omne abrumpit : Polydorum obtruncat, et auro
> Vi potitur. *Quid non mortalia pectora cogis,*
> *Auri sacra fames ?*

ARTICLE SECOND.

FIGURES D'IMAGINATION.

130. Les principales figures d'imagination sont : 1° la Comparaison ; 2° la Métaphore ; 3° l'Allégorie ; 4° la Métonymie ou Hypallage ; 5° la Synecdoque ou Syllepse ; 6° l'Antonomase ; 7° la Catachrèse ; 8° la Métalepse ; 9° l'Euphémisme ; 10° l'Antiphrase ; 11° le Contraste ; 12° l'Hypotypose ; 13° la Prosopopée.

131. La métaphore et les huit figures suivantes sont connues sous le nom de TROPES (τρέπω, *verto*), parce qu'elles changent la signification des mots. Tous les tropes reposent sur une comparaison.

132, La COMPARAISON OU SIMILITUDE rapproche deux objets qui se ressemblent sous certains rapports, afin de rendre l'un des deux plus clair, plus sensible ou plus frappant :

> Il s'émeut, et semblable à l'instrument terrible
> Qui recule au moment qu'il vomit le trépas,
> Il chancelle, il hésite, il recule d'un pas.
>
> (MILTON, Trad. de Delille.)

133. Les comparaisons doivent être claires, justes, courtes, rares, nobles et neuves.

134. 1° *Claires.* Elles le seront, si la chose qui sert de terme de comparaison est plus connue, ou du moins plus

facile à concevoir ou à imaginer, que celle dont on veut donner une idée, et si les traits de ressemblance peuvent être saisis sans effort :

Les guerriers dansaient en rond
Autour d'un feu sur la grève
Que le vent courbe et relève,
Pareils aux esprits qu'en rêve
On voit tourner sur son front.

(V. Hugo.)

Cette comparaison manque de clarté; il est plus facile de se représenter une danse de guerriers autour d'un feu que de se figurer des esprits « qu'en rêve on voit tourner sur son front. »

135. 2° *Justes*. La comparaison doit être fondée sur des rapports de ressemblance, et s'arrêter au point où cesse tout rapport entre les objets comparés; sinon, vous donnerez une fausse idée de la chose que vous voulez mettre en lumière, et au lieu de la faire ressortir, vous la ferez perdre de vue.

La comparaison citée dans l'exemple précédent manque autant de justesse que de clarté.

136. 3° *Courtes*. Une description trop longue du terme de comparaison fait oublier l'objet principal.

137. 4° *Rares*. Les comparaisons trop multipliées ne peuvent que distraire et jeter l'esprit hors du sujet.

138. 5° *Nobles*. Le terme de la comparaison ne doit rien présenter de bas et de trivial : ne fût-ce que par la raison que vous ne seriez pas compris d'un lecteur bien élevé, ou que du moins vous vous dégraderiez à ses yeux.

Tertullien a dit, en parlant du déluge :

Diluvium naturæ generale *lixivium* fuit.

Et Benserade :

Dieu *lava bien la tête* à son image.

139. 6° *Neuves*. Si vous désirez réveiller l'attention, récréer ou frapper l'imagination, vous éviterez dans le choix

des termes de comparaison les objets déjà rebattus, ou du moins vous les présenterez sous des rapports que l'on n'a pas encore fait ressortir.

140. La MÉTAPHORE (μετὰ φέρω, *trans fero*) présente un objet sous l'idée ou sous l'image d'un autre objet qui lui ressemble à un point de vue que l'on veut faire ressortir. La métaphore n'est qu'une comparaison abrégée.

Vous voulez peindre la valeur impétueuse d'Achille, et vous dites : *Achille s'élance comme un lion.* C'est une comparaison. Mais vous dites : *Ce lion s'élance*, voilà une métaphore. Ainsi l'on dit par métaphore :

Les rênes du gouvernement. — Le frein des lois. — Le lien de la charité.

141. La métaphore est soumise aux mêmes lois que la comparaison. Ajoutons seulement que la clarté réclame que la métaphore soit suivie et que l'on ne change pas brusquement le terme de comparaison. La métaphore n'est pas suivie dans cette phrase :

Cette tendre fleur mourut dans les plus beaux sentiments.

(Voy. plus haut (64) un autre exemple de métaphores non suivies.)

142. L'ALLÉGORIE (ἄλλη ἀγορά) n'est qu'une métaphore continuée, qui présente une chose pour en faire entendre une autre.

David décrit l'histoire du peuple de Dieu sous l'emblème d'une vigne. (Ps. 79, ℣. 9-17.)

Horace représente la république romaine agitée par la guerre civile sous la figure d'un navire battu par les flots : *O navis, referent,* etc. (Lib. 1, od. 12.)

143. La MÉTONYMIE (μετὰ ὄνομα) ou HYPALLAGE (ὑπὸ ἀλλάσσω) présente un objet pour en indiquer un autre avec lequel le premier a quelque rapport de connexion.

La métonymie présente :

1° La cause pour l'effet :

Lisez CICÉRON, c'est-à-dire ses œuvres ; le FER, pour l'épée :

Onerantque canistris
Dona laboratæ *Cereris.*

Ceres est employé ici pour *panis*.

2° L'effet pour la cause :

Ubi est *scelus* ille qui me perdidit?

Le *crime* est pris ici pour le *criminel.*

Pallentes habitant morbi *tristis*que senectus.
(VIRGILE.)

La pâleur, la tristesse, effets de la maladie, de la vieillesse, sont ici attribuées à leurs causes.

Non habet Pelion *umbras.*

Umbras pour *arbores.*

Ibant *obscuri sola* sub nocte,

pour *ibant soli obscura sub nocte.*

3° Le signe pour la chose signifiée :

Le SCEPTRE, pour la *royauté ;* L'ÉPÉE, pour la *guerre.*

Cedant *arma togæ*, concedat *laurea linguæ.*

Ce vers renferme quatre métonymies.

4° Le contenant pour le contenu :

Ille impiger hausit
Spumantem pateram.
(VIRGILE, *Æn.*, 1.)

Patera est pris pour *vinum.*

Ainsi l'on dit l'ITALIE pour les *Italiens ;* le LYCÉE, le PORTIQUE, pour la *philosophie enseignée au Lycée, au Portique.*

144. La SYNECDOQUE (συνεκδέχομαι, *comprehendere*) ou SYLLEPSE (σύλληψις, *conceptio*) est une espèce de métonymie qui fait comprendre plus ou moins qu'elle n'indique.

Elle indique : 1° le genre pour l'espèce et l'espèce pour le genre :

Les MORTELS, pour les *hommes*.

TEMPÉ, pour *toute vallée agréable*.

2° Le tout pour la partie, ou la partie pour le tout :

Aut *Ararim* Parthus bibet, aut Germania *Tigrim*.

Cent VOILES, pour cent *vaisseaux*.

3° Le pluriel pour le singulier ou le singulier pour le pluriel :

LES CICÉRON, LES VIRGILE ; NOUS, pour *je*.

Aut Ararim *Parthus* bibet.

Entre *le pauvre* et vous, vous prendrez Dieu pour juge...
Comme eux vous fûtes pauvre, et comme eux orphelin.
(RACINE.)

Le Français, né malin, créa le vaudeville.
(BOILEAU.)

4° Le nom abstrait pour le nom concret, ou le nom concret pour le nom abstrait :

L'HISTOIRE rapporte, pour les *historiens* ; MARS, pour *la guerre* ; HOMÈRE, pour *la poésie*.

145. L'ANTONOMASE (ἀντὶ ὄνομα, *pro nomen*, *nom pour nom*) est une espèce de synecdoque qui prend :

1° Un nom commun pour un nom propre :

L'APÔTRE, pour *saint Paul*; l'ORATEUR ROMAIN, pour *Cicéron*.

2° Un nom propre pour un nom commun :

Un NÉRON, pour un *prince cruel*; un DÉMOSTHÈNE, pour un *orateur éloquent*.

146. La CATACHRÈSE (χατὰ χράομαι, *abuser*) est une espèce de métaphore qui présente une chose sous un point de vue qui ne lui convient qu'à raison d'une certaine ressemblance.

Feuille d'or, *feuille* de papier, *glace* de miroir.

Equitare in arundine longa.

(HORACE.)

147. La MÉTALEPSE (μετὰ λαμβάνω, prendre après) fait entendre ce qui précède en indiquant ce qui suit, et *vice versa* :

DESIDEROR, pour *absum*. Le regret suit l'absence.

Campos ubi Troja FUIT. L'existence de Troie a précédé sa ruine.

148. L'EUPHÉMISME (εὖ φημί, bien dire) déguise des idées tristes ou odieuses sous des idées moins pénibles.

Antiloque n'ose pas déclarer à Achille que Patrocle est mort ; il lui dit : Κεῖται Πάτροκλος.

Ainsi l'on dit : IL A VÉCU, au lieu de : *il est mort.* — *Vos souvenirs vous font défaut,* pour dire : *vous vous trompez,* ou bien, *vous mentez.*

149. L'ANTIPHRASE prend tellement le contre-pied de la vérité, que la méprise est impossible.

Les EUMÉNIDES (*les bienveillantes*), pour les *Furies.*

150. Le CONTRASTE rapproche et oppose deux idées, deux images ou deux sentiments contraires pour les faire ressortir :

Servare potui ; *perdere* an possim rogas ?

(SÉNÈQUE.)

Voltaire peint une mère prête à dévorer son fils :

Furieuse, elle vole avec un coutelas
Vers ce fils innocent qui lui tendait les bras.

(VOLTAIRE.)

Vous parlez en soldat, je dois agir en roi.

(RACINE.)

151. L'HYPOTYPOSE (ὑπὸ τύπος, type, image, de τύπτω, frapper) présente les objets sous des traits si marqués, sous des couleurs si vives, que l'on s'imagine voir la chose de ses yeux :

Restitit Æneas claraque in luce refulsit,
Os humerosque Deo similis.

(VIRGILE.)

Furieuse, elle vole, etc. Voyez ci-dessus (150).

Lorsque l'hypotypose se prolonge, elle retombe dans la description, qui n'est pas une simple figure, mais une composition complète; nous en parlerons ailleurs.

152. LA PROSOPOPÉE (πρόσωπον ποιέω) ou *personnification*, la plus hardie et la plus frappante des figures d'imagination, prête la vie, le sentiment, l'action, la parole même aux êtres inanimés aussi bien qu'aux êtres animés, aux absents comme aux présents, aux morts comme aux vivants, aux objets purement imaginaires comme aux personnages réels.

Dans le fond, la prosopopée n'est qu'une métaphore plus hardie.

Riante prairie. — Tempête *furieuse.* — L'ambition *s'éveille.*

Glaive du Seigneur, quel coup vous venez de frapper! toute la terre en est encore étonnée. (BOSSUET.)

L'Araxe *mugissant* sous un pont qui *l'outrage.*

(RACINE.)

Quel est ce glaive, enfin, qui marche devant eux?

(Id.)

Cicéron fait parler la patrie à Catilina. (Voyez 1re *Catilinaire*, 2°, 27.)

L'Écriture sainte abonde en prosopopées dont la hardiesse dépasse toutes les créations de l'imagination oratoire ou poétique des Romains et des Grecs :

Mare vidit et fugit : Jordanis conversus est retrorsum. Montes exultaverunt ut arietes, et colles sicut agni ovium. Quid est tibi, mare, quod fugisti? etc. (Ps. 113.)

Stellæ dederunt lumen in custodiis, et lætatæ sunt : vocatæ sunt, et dixerunt : Adsumus! et luxerunt ei cum jucunditate, qui fecit illas.

(BARUCH, c. 3, ℣. 34, 35.)

ARTICLE TROISIÈME.

FIGURES DE PASSION.

153. Les principales figures de passion sont : 1° la Répétition ; 2° le Pléonasme ; 3° l'Ellipse ; 4° l'Hyperbole ; 5° l'Exclamation ; 6° l'Interrogation ; 7° la Subjection ; 8° la Dubitation ; 9° la Suspension ; 10° la Réticence ; 11° la Licence ; 12° l'Ironie ; 13° la Permission ; 14° l'Imprécation ; 15° la Déprécation ; 16° la Supposition ; 17° l'Apostrophe ; 18° le Dialogisme.

154. La RÉPÉTITION s'obstine à revenir sur la même idée, afin de la faire plus vivement ressortir, ou de la graver plus profondément dans les esprits. Cette figure reçoit divers noms, selon les diverses formes qu'elle prend. Il nous suffira de citer des exemples des plus saillantes.

Adjonction.

Vivis, et *vivis* non ad deponendam, sed ad confirmandam audaciam.

(CICÉRON, *Catilin.*)

Rompez, rompez tout pacte avec l'impiété.

(RACINE.)

Me, me adsum qui feci ; in *me* convertite ferrum,
O Rutuli : *mea* fraus omnis.

(VIRGILE.)

Anaphore.

Te, dulcis conjux, *te* solo in littore secum,
Te, veniente die, *te*, decedente, canebat.

(Id.)

Conversion.

Doletis tres exercitus, P. C., *interfectos : interfecit Antonius* ; desideratis clarissimos cives : eos quoque vobis eripuit *Antonius* ; auctoritas hujus ordinis *afflicta est : afflixit Antonius*. (CICÉRON.)

Complexion.

Quem senatus *damnarit*, *quem* populus romanus *damnarit*, *quem* existimatio *damnarit*, hunc vos absolvetis ? (Id.)

Réduplication.

Hic tamen *vivit! vivit!* Imo etiam in senatum venit. (CICÉRON.)

Réversion.

Quam (provinciam) *pauper divitem* ingressus, *dives pauperem* reliquit. (Id.)

Conjonction.

On égorge à la fois les enfants, les vieillards,
Et la sœur *et* le frère,
Et la fille *et* la mère.

155. Le PLÉONASME (πλεονασμός, redondance) est une espèce de répétition qui, pour faire ressortir une idée ou un sentiment, insiste sur une circonstance inutile au complément de la pensée:

Je l'ai *vu* de mes *yeux*, *entendu* de mes *oreilles*.

Et que *me* fait à *moi* cette Troie où je cours?
(RACINE.)

156. L'ELLIPSE (ἔλλειψις, manque), au contraire, afin de donner plus de rapidité au mouvement, supprime des idées ou des modifications nécessaires, il est vrai, au complément de la pensée, mais faciles à suppléer :

Je t'aimais inconstant, qu'eussé-je fait fidèle?
(RACINE.)

157. L'HYPERBOLE (ὑπὲρ βάλλω) exagère les choses pour frapper plus vivement. C'est l'effet d'une imagination, et le plus souvent d'une passion exaltée qui craint de rester au-dessous de l'idée qu'elle veut rendre, ou du sentiment qu'elle veut inspirer :

Il marche comme une tortue. — Il va plus vite que le vent.

Légèreté de Camille à la course.

Illa vel intactæ segetis per summa volaret
Gramina, nec teneras cursu læsisset aristas;
Vel mare per medium fluctus suspensa tumenti
Ferret iter, celeres nec tingeret æquore plantas.
(VIRGILE.)

Le ciel avec horreur voit ce monstre sauvage,
La terre s'en émeut, l'air en est infecté;
Le flot qui l'apporta recule épouvanté.

(RACINE.)

158. L'hyperbole, lorsqu'elle dépasse jusqu'aux limites du vraisemblable, produit le clinquant, l'extravagance et l'enflure.

Martial veut peindre la magnificence du palais d'Auguste et la majesté de ce prince :

Par domus est cœlo, sed minor est domino.

Quel est donc ce mortel qui habite une demeure égale au ciel, et toutefois trop peu magnifique pour sa personne ? Voyez les exemples cités plus haut (85, 93).

159. L'EXCLAMATION naît d'un sentiment vif ou profond qui soudain s'échappe de l'âme :

O tempora! o mores! senatus hæc intelligit, consul videt : hic tamen vivit! vivit! Immo vero etiam in senatum venit. (CICÉRON, *Catilin.*)

O vanité! ô néant! ô mortels ignorants de leurs destinées!

(BOSSUET.)

160. L'INTERROGATION adresse une question, non pour obtenir une réponse, mais pour faire ressortir la pensée :

Quousque tandem abutere patientia nostra, Catilina ? (CICÉRON.)
Mene incepto desistere victam ? (VIRGILE.)
Est-ce Monime ? et suis-je Mithridate ? (RACINE.)

161. La SUBJECTION adresse la question et ajoute la réponse :

Quid enim tam novum quam adolescentem, privatum, exercitum difficili republica tempore conficere ? Confecit. Huic præesse ? Præfuit... Rem optimo ductu suo gerere ? Gessit. (CICÉRON, *Loi Manilia.*)

162. La DUBITATION a lieu lorsqu'on ne sait ou que l'on feint de ne pas savoir ce que l'on doit dire ou faire :

Quo me miser conferam ? quo vertam ? In Capitoliumne ? At fratris sanguine redundat? An domum? Matremne ut miseram lamentantemque videam et abjectam? (C. GRACCHUS, cité par CICÉRON, *de Orat.*, III, 56.)

163. La SUSPENSION annonce d'une manière vague et fait attendre ce que l'on va dire pour exciter l'attention et surtout pour frapper l'esprit de l'auditeur :

Une femme! peut-on la nommer sans blasphème?
Une femme!... C'était Athalie elle-même.

(RACINE.)

Combien de fois a-t-elle remercié Dieu de deux grandes grâces : l'une de l'avoir faite chrétienne; l'autre... Qu'attendez-vous, messieurs? Peut-être d'avoir rétabli les affaires du roi son fils? Non : c'est de l'avoir faite reine malheureuse. (BOSSUET, *Reine d'Angleterre.*)

164. La RÉTICENCE s'arrête tout à coup, et passe de suite à une autre idée, mais non sans avoir suffisamment donné à entendre ce que l'on fait semblant de ne pas vouloir dire :

Quos ego...! Sed motos præstat componere fluctus.

(VIRGILE.)

Je devrais, sur l'autel où ta main sacrifie,
Te.....! Mais du prix qu'on m'offre il me faut contenter.

(RACINE, *Athalie.*)

165. La LICENCE se permet de dire ouvertement des vérités qui peuvent offenser. Tantôt c'est l'expression franche d'une âme droite et libre; tantôt c'est l'émotion d'un cœur irrité qui ne peut plus se contenir; quelquefois aussi, sous une apparence de hardiesse, la licence a pour but de louer :

Fernand Cortès à Philippe II :

Je m'appelle Fernand Cortès : j'ai conquis plus de terre à votre majesté qu'elle n'en a hérité de l'empereur Charles-Quint son père, et je meurs de faim.

Suscepto bello, Cæsar, gesto etiam ex magna parte, nulla vi coactus, judicio ac voluntate ad ea arma profectus sum, quæ erant sumpta contra te.

Sous cet air de liberté, Cicéron a pour but de louer la clémence de César. (*Pro Ligario.*)

166. L'IRONIE (εἴρων, simulator) consiste à présenter précisément le contraire de ce que l'on pense ou de ce que l'on sent. Son but est quelquefois de railler avec finesse ou de louer avec délicatesse; le plus souvent, inspirée par la malice, son dessein est de mordre et de tourner en ridicule. Souvent aussi elle est le dernier trait de la colère réduite au désespoir :

Je le déclare donc : Quinault est un Virgile.
(BOILEAU.)

Grâce aux dieux ! mon malheur passe mon espérance.
Oui, je te loue, ô ciel, de ta persévérance.
. . . .
Ta haine a pris plaisir à former ma misère;
J'étais né pour servir d'exemple à ta colère,
Pour être du malheur un modèle accompli ;
Eh bien ! je suis content, et mon sort est rempli !
(RACINE.)

167. La PERMISSION se livre à la discrétion d'un adversaire pour toucher sa pitié, ou bien l'invite à poursuivre ce qu'il a commencé pour lui faire sentir l'odieux de sa conduite :

... Si omnes uno ordine habetis Achivos,
Idque audire sat est, jamdudum sumite pœnas.
(VIRGILE.)

... *Poursuis,* Néron, avec de tels ministres
Par des faits glorieux tu vas te signaler.
Poursuis ; tu n'as point fait ce pas pour reculer.
(RACINE.)

168. L'IMPRÉCATION consiste à appeler sur soi-même ou sur d'autres la vengeance du ciel, la furie de l'enfer ou quelque autre malheur, sous la forme d'un souhait ou d'une prédiction :

Tombe sur moi le ciel, pourvu que je me venge !
(CORNEILLE.)

Si oblitus fuero tui, Jerusalem, oblivioni detur dextera mea. Adhæreat lingua mea faucibus meis, si non meminero tui ; si non proposuero Jerusalem in principio lætitiæ meæ. (Ps. 136.)

Voyez dans *Athalie* les imprécations de Joad, et celles de Camille dans les *Horaces*.

169. L'OBSÉCRATION OU DÉPRÉCATION présente, sous la forme d'une prière touchante, les raisons et les objets qu'elle croit propres à fléchir :

Par le salut des Juifs, par ces pieds que j'embrasse,
Par ce sage vieillard, l'honneur de votre race,
Daignez d'un roi terrible apaiser le courroux :
Sauvez Aman, qui tremble à vos sacrés genoux !

(RACINE.)

170. La SUPPOSITION OU HYPOTHÈSE admet des propositions fausses pour en faire ressortir les absurdes conséquences, et alors c'est une figure de raisonnement ; ou bien elle imagine des situations, des circonstances possibles ou impossibles, pour produire une émotion profonde :

Fingite igitur cogitatione imaginem hujus conditionis meæ ; si possim efficere ut Milonem absolvatis, sed ita si P. Clodius revixerit. Quid vultu extimuistis ? Quonam modo ille vos vivus afficeret, qui mortuus inani cogitatione percussit ? (CICÉRON, *pro Milone.*)

171. L'APOSTROPHE (ἀπὸ τρέπω) détourne le discours et ne s'adresse plus à l'auditeur ou au lecteur, mais tantôt à un seul ou à quelques-uns seulement de ceux à qui l'on parle, tantôt aux absents, aux morts, à des personnages fictifs :

Quid enim, Tubero, tuus ille districtus in acie pharsalica gladius agebat ? (CICÉRON, *pro Ligario.*)

Glaive du Seigneur, quel coup vous venez de frapper ! Toute la terre en est étonnée. (BOSSUET, *Oraison funèbre de Marie-Thérèse.*)

172. Le DIALOGISME est une sorte de prosopopée par laquelle on fait parler des personnes ou même des objets inanimés, réels ou supposés.

Cicéron (*pro Roscio Amerino*) suppose ce dialogue entre lui-même et l'accusateur :

Exhæredare filium voluit. — Quam ob causam? — Nescio. — Exhæredavitne? — Non. — Quis prohibuit? — Cogitabat. — Cogitabat? Cui dixit? — Nemini.

Le sommeil sur ses yeux commence à s'épancher :
— Debout! dit l'Avarice, il est temps de marcher.
— Ah! laisse-moi. — Debout! — Un moment? — Tu répliques!
— A peine le soleil fait ouvrir les boutiques!
— N'importe, lève-toi! — Pourquoi faire, après tout?
— Pour courir l'Océan de l'un à l'autre bout; etc.
(BOILEAU.)

Voyez dans Isaïe (c. 14) la chute de Lucifer, où les prosopopées et les dialogismes s'accumulent et s'enchaînent les uns dans les autres avec une hardiesse qui va toujours s'élevant jusqu'au plus haut degré du sublime.

UNITÉ DANS LA FORME DU STYLE,

OU

TRANSITIONS.

173. « Le style, dit Buffon, n'est que l'ordre et le mouvement qu'on met dans ses pensées. Si on les enchaîne étroitement, si on les serre, le style devient fort, nerveux et concis. Si on les laisse se succéder lentement, et ne se joindre qu'à la faveur des mots, quelque élégants qu'ils soient, le style sera diffus, lâche et traînant. » (*Disc. sur le style.*)

Or, c'est principalement par les figures que le style se lie et s'enchaîne; c'est d'elles qu'il reçoit l'éclat et la grâce, la souplesse et la force, la vie et le mouvement, la forme en un mot, et l'unité. Toutefois, si vous les multipliez sans mesure, vous deviendrez obscur et fatigant; si vous passez trop brusquement de l'une à l'autre, vous rebuterez par la rudesse et les secousses de votre marche; enfin, vous serez froid, guindé, boursouflé, ridicule, si, courant après l'effet, vous prétendez suppléer par un tour de phrase à la solidité de la pensée, à la verve de l'imagination, à l'enthousiasme de la passion.

174. Lorsque vous voulez écrire ou parler, ne cherchez donc pas les figures. Pénétrez-vous seulement de ce que vous voulez faire entrer dans l'esprit et dans le cœur d'autrui, alors les idées, les images et les sentiments se présenteront d'eux-mêmes sous la forme et la figure et dans l'ordre le plus apte à produire l'effet que demandent, et le sujet que vous traitez, et le but que vous vous proposez. Celui qui marche l'œil fixé vers son but n'a que faire de songer au tour qu'il doit donner à chacun de ses mouvements; sans qu'il y pense, chacun de ses pas le porte et l'avance vers le terme qu'il a résolu d'atteindre.

C'est dans cette unité de vue que consiste tout le secret des transitions, dont l'art est si difficile, et toutefois si nécessaire.

175. Les TRANSITIONS sont les liens qui unissent l'ensemble des pensées et qui font passer de l'une à l'autre, en faisant sentir le rapport qu'elles ont, soit entre elles, soit avec le but général de l'ouvrage.

176. L'art des transitions consiste, avant tout, dans la disposition des pensées. Saisissez les rapports qu'ont entre elles chacune des idées, des images et des sentiments dont l'ensemble vous est nécessaire pour atteindre votre but. Disposez-les de telle sorte, qu'elles se joignent par le point qui leur est commun; vous aurez obtenu un tout solide et régulier. Lorsqu'un ouvrier construit un édifice, il dispose ses matériaux de manière qu'ils s'enchâssent les uns dans les autres, et se soutiennent mutuellement; il taille, il tranche ce qui dé-

passe ses lignes, il rejette ce qui ne peut d'aucune façon se combiner avec l'ensemble, et l'édifice enfin se trouve conforme au plan qu'il a tracé. Les pierres bien taillées, dit Cicéron, s'unissent d'elles-mêmes, sans le secours du ciment. Un mur toutefois peut être élégant et solide sans être construit de pierres taillées au ciseau; mais alors le ciment est nécessaire. De même l'écrivain se verra souvent forcé de lier ensemble des pensées qui n'ont entre elles que quelques points de contact. Il devra donc avoir recours aux transitions artificielles.

177. S'il s'agit de lier entre eux les divers membres d'une phrase, ou les phrases entre elles, la transition se fera au moyen des conjonctions.

S'il faut rattacher ensemble les diverses parties d'une composition, la transition peut se faire de deux manières.

Tantôt vous résumez en peu de mots ce que vous venez de traiter, et vous annoncez ce que vous allez dire :

Quoniam de genere belli dixi, nunc de magnitudine pauca dicam.
(Cicéron, *pro lege Manilia.*)

Tantôt vous déguiserez la transition au moyen d'une figure qui indique en même temps le rapport et la dépendance mutuelle des diverses parties :

Transition par interrogation.

Sed quid ego hæc, aut tam levia aut tam minima, recordor ?
(Cicéron.)

Par apostrophe.

At etiam ausus est (quid autem est quod tu non audeas ?). (Id.)

Par concession.

Omnia igitur ista concedam et remittam. (Id.)

Par prétérition.

Postularet hic locus ut dicerem. (Id.)

Par gradation.

Audistis gravissima ; audite nunc graviora. (CICÉRON.)

Par correction.

Monsieur de Turenne descendait de cette maison... Mais que dis-je! il ne faut pas l'en louer ici, il faut l'en plaindre. (FLÉCHIER.)

178. Il est certains ouvrages qui n'exigent pas de transitions. Tels sont particulièrement ceux qui ont pour fin la critique des erreurs et des vices. Les défauts de l'esprit ou du cœur consistent précisément dans une opposition plus ou moins constante aux principes de la vérité et aux règles de la vertu. Il ne peut donc y avoir ni enchaînement, ni ordre, ni unité dans l'ensemble des travers de l'esprit et du cœur humains. Toutes les erreurs se combattent, aussi bien que toutes les mauvaises passions. Voulez-vous poursuivre l'homme dans ses écarts, il vous faut à tout instant quitter la voie droite qui seule mène à la vérité et à la vertu. Il est donc comme impossible de lier ensemble tous les traits d'une critique qui se propose de décrire, dans tous leurs détails, les mille et une contradictions d'un esprit égaré dans les sentiers rompus de l'erreur, ou d'un cœur ballotté au gré des caprices contraires de la passion.

Salomon, dans ses Proverbes, dans plusieurs chapitres de la Sagesse, et dans la première partie de l'Ecclésiastique, a pu négliger les transitions et se dispenser de lier ensemble les tableaux ou les réflexions critiques, aussi bien que les conseils spéciaux qui lui ont été inspirés pour la correction détaillée des mœurs. On peut en dire autant des *Caractères* de la Bruyère et des *Maximes de la chaire* de Gaichiès.

179. Mais si vous vous proposez de montrer une idée dans tout son jour, ou d'inspirer un grand dessein, les pensées et les mouvements doivent se succéder et s'enchaîner de manière à former un seul tout. La lumière entrecoupée produit l'éclair,

et l'éclair n'est pas le jour; les impulsions sans suite choquent, ébranlent tout au plus, mais elles n'entraînent pas. Sachez donc ménager si heureusement les transitions, que rien ne vienne couper le fil des idées, ni rompre le cours des mouvements, et votre parole régulière et continue dans son cours, comme le soleil dans sa marche, illuminera les intelligences de toutes les splendeurs de la vérité, et entraînera les cœurs par l'irrésistible vertu d'une action constante.

CHAPITRE TROISIÈME.

MOTS.

180. Scribendi recte sapere est et principium et fons.
Rem tibi socraticæ poterunt ostendere chartæ,
Verbaque provisam rem non invita sequentur.
(HORACE, *Art poét.*, 309.)

Le point essentiel, lorsqu'il s'agit de parler ou d'écrire, est, avant tout, de savoir ce que l'on veut dire. A quoi bon tant de règles sur l'art d'agencer les mots et de tourner la phrase? Celui qui sait ce qu'il pense et ce qu'il veut n'a pas à craindre de voir les mots et les tours lui manquer au moment où il faudra ouvrir la bouche ou prendre la plume. On peut dire de la phrase ce que Boileau a dit de la rime :

Que toujours le bon sens s'accorde avec la rime :
La rime est une esclave et ne doit qu'obéir.
Lorsqu'à la bien chercher d'abord on s'évertue,
L'esprit à la trouver aisément s'habitue.
Au joug de la raison sans peine elle fléchit,
Et, loin de la gêner, la sert et l'enrichit;
Mais lorsqu'on la néglige, elle devient rebelle,
Et pour la rattraper le sens court après elle.
Aimez donc la raison; que toujours vos écrits
Empruntent d'elle seule et leur lustre et leur prix.

On se plaint souvent, il est vrai, de la difficulté de rendre ce que l'on sait, et de s'exprimer comme on le veut. Mais, à cette plainte, le même Boileau a répondu d'avance :

> Il est certains esprits dont les sombres pensées
> Sont d'un nuage épais toujours embarrassées :
> Le jour de la raison ne le saurait percer.
> Avant donc que d'écrire, apprenez à penser.
> Selon que notre idée est plus ou moins obscure,
> L'expression la suit ou moins nette ou plus pure ;
> Ce que l'on conçoit bien s'énonce clairement,
> Et les mots pour le dire arrivent aisément.
>
> (*Art poét.*, I, 355.)

181. L'élocution n'est que l'expression de la pensée et du sentiment. Elle dépend donc principalement de la conception même de l'objet et du tour que l'âme donne intérieurement à l'ensemble des idées, des images et des sentiments qu'elle a conçus.

182. Une fois la pensée bien conçue et bien combinée, il ne vous reste plus qu'à répondre aux justes exigences de ceux à qui vous prétendez vous adresser par la parole. Or, l'homme exige trois choses de celui qui parle. L'intelligence et la volonté demandent la *clarté ;* l'imagination et la sensibilité réclament l'*élégance ;* l'oreille, qui a la charge de recevoir les sons de la parole, désire l'*harmonie*.

ARTICLE PREMIER.

CLARTÉ.

183. La CLARTÉ consiste à faire saisir sur-le-champ, et sans effort, ce que l'on veut exprimer par la parole.

En vain vous flatterez l'oreille par le charme des sons ; vainement vous tromperez l'imagination et la sensibilité par je ne sais quoi de vague et de vibrant dans la phrase. — Il vous faut avant tout satisfaire les deux facultés supérieures ; or, l'intelligence et la volonté exigent absolument que vous soyez net et clair :

Si le sens de vos vers tarde à se faire entendre,
Mon esprit aussitôt commence à se détendre,
Et de vos vains discours prompt à se détacher,
Ne suit point un auteur qu'il faut toujours chercher.

(Boileau, *Art poét.*, ch. 1.

Mon ami, chasse bien loin
Cette noire rhétorique ;
Tes écrits auraient besoin
D'un devin qui les explique.
Si ton esprit veut cacher
Les belles choses qu'il pense,
Dis-moi qui peut t'empêcher
De te servir du silence ?

(Maynard.)

184. La clarté résulte du choix des mots et de la construction de la phrase.

§ 1. *Choix des mots.*

185. Dans le choix des mots, observez la *pureté* et la *propriété.*

I. Pureté.

186. La pureté consiste à éviter tout mélange inconvenant. Ainsi, l'or est pur quand il est dégagé de tout alliage avec d'autres éléments. La pureté du langage proscrit les mots étrangers, inusités, vieillis ou trop nouveaux. Comment serez-vous compris si vous employez des termes inconnus à vos lecteurs ? Évitez donc aussi les mots grossiers que la classe bien élevée n'entend pas ; les termes techniques et propres à certaines sciences, arts ou professions spéciales,

dont la plupart des lecteurs ne sont pas tenus de connaître l'usage. Enfin la pureté proscrit le barbarisme.

187. Le BARBARISME est un mot étranger à la langue, ou du moins à l'usage reçu :

> Un brouillard glacé..... me *vêtissait* d'orages.
> (LAMARTINE.)

Un étranger écrivait à Fénelon :

> Monseigneur, vous avez pour moi des *boyaux* de père.

Il voulait dire *entrailles*.

II. Propriété.

188. La PROPRIÉTÉ rend l'idée par le terme juste qui lui correspond. Chaque idée a dans chaque langue un mot qui lui est propre ; et ce mot est unique. Le terme équivalent dit trop ou trop peu : le mot impropre dit autre chose ou même exprime le contraire de ce que l'on veut dire :

> Il *jouit* d'une mauvaise santé.

Marmontel s'étonne de la crédulité de certains grands hommes :

> Dans l'âme des héros quelle fatalité
> Mêle à tant de grandeur tant de *simplicité ?*

Simplicité signifie ici *bêtise*, et fait entendre plus que n'a voulu l'auteur.

189. La propriété défend donc d'employer indistinctement l'un pour l'autre les mots *synonymes* et les mots *équivoques*. On appelle SYNONYMES les mots qui expriment une même idée.

Par exemple : *voir*, *regarder*, *considérer*, *contempler*, expriment tous la sensation de l'œil. Ces mots sont synonymes.

Mais il n'existe pas de synonymes qui soient équivalents

sous tous les rapports. Chacun d'eux indique une nuance spéciale de l'idée dont il est le signe.

Ainsi, *voir* indique simplement la sensation produite dans l'œil et dans le cerveau par la réflexion de la lumière sur les objets. *Regarder* indique une vue réfléchie de l'objet. On peut *voir* sans *regarder*. *Considérer* marque une attention spéciale et prolongée de l'œil sur un objet. *Contempler* désigne une vue d'ensemble, soutenue et accompagnée d'une certaine jouissance de l'œil.

190. La propriété interdit encore les mots équivoques. Un terme est ÉQUIVOQUE lorsqu'il peut indiquer deux ou plusieurs sens différents. L'emploi des équivoques accuse l'ignorance ou la mauvaise foi de celui qui parle, à moins que ce ne soit de sa part un simple badinage.

Un avocat rappelait à son client qu'il lui avait donné sa parole de le payer s'il lui faisait gagner son procès. Le client répond :

Nil est quod jure queraris,
Pro *verbis* decuit quid, nisi *verba*, dari?
(PASSERAT.)

De quelle *langue* voulez-vous vous servir avec moi ?... — Parbleu de la *langue* que j'ai dans la bouche. Je crois que je n'irai pas emprunter *celle* de mon voisin. (MOLIÈRE.)

§ 2. *Construction de la phrase.*

191. La PHRASE est un ensemble de mots construits de manière à exprimer une ou plusieurs propositions tellement liées entre elles, que le sens n'est absolument complet qu'au dernier mot.

La clarté de la phrase résulte de la *correction*, de la *précision* et de l'*ordre* dans la construction des mots.

I. Correction.

192. La CORRECTION consiste à disposer les mots et à les accorder entre eux selon le génie de la langue et selon l'usage reçu.

C'est à la grammaire qu'il appartient de constater les exigences du génie de la langue et les coutumes de l'usage. — Observons seulement que la correction défend de trop séparer les mots qui se complètent l'un l'autre, ou qui servent à en lier d'autres ensemble, de retrancher ceux qui sont essentiels au sens complet de la phrase, de passer subitement d'une personne à l'autre. Enfin la correction interdit surtout le solécisme.

193. Le SOLÉCISME est une faute contre les règles de la syntaxe :

> C'est *à vous*, mon esprit, *à qui* je veux parler.
>
> (BOILEAU.)

Il fallait :

C'est à vous, mon esprit, que je veux parler.

II. Précision.

194. La PRÉCISION (*præ scindo*) supprime tous les mots qui n'ajoutent rien à l'idée. Elle n'est guère moins essentielle à la clarté que la correction : car en multipliant les mots, tels que les adverbes, les adjectifs, les synonymes, les incidents, les parenthèses, et en allongeant les phrases outre mesure, vous ne faites que distraire l'esprit, l'embarrasser, et finalement vous lui faites perdre de vue l'idée principale et l'ensemble de la pensée.

La précision tient le milieu entre la diffusion ou prolixité et la sécheresse.

195. La DIFFUSION multiplie les mots pour ne rien dire, tantôt répétant à satiété ce qui a été dit suffisamment, tantôt

4.

indiquant des détails ou des idées intermédiaires que l'auditeur aurait suppléées sans peine :

> Trois sceptres à son trône attachés par mon bras
> Parleront au lieu d'elle et *ne se tairont pas.*
>
> (CORNEILLE.)

J'arrive au port, j'aperçois un navire, je m'informe du prix du passage, je fais marché, je monte à bord, on lève l'ancre, on met à la voile, nous partons.

Que ne disiez-vous pas en deux mots : *Je m'embarquai?*

196. La SÉCHERESSE de la phrase procède de cette sécheresse dans la conception même dont nous avons parlé plus haut (50). Elle nuit plus encore à la clarté que la diffusion. Si l'on finit par ne plus entendre ce que veut dire un auteur qui noie sa pensée dans d'inutiles développements, on ne peut pas même saisir l'idée de celui qui ne sait ou ne veut pas l'expliquer suffisamment.

197. Mais la précision n'exclut pas cette heureuse ABONDANCE de mots qui, pour rendre une pensée plus intelligible ou plus frappante, insiste sur les circonstances ou sur les nuances qui peuvent la faire ressortir.

198. On ne doit donc pas confondre la précision avec la CONCISION, qui consiste à dire le plus possible en le moins de mots que l'on peut.

Exemple de la même pensée exprimée avec concision et avec abondance :

Sévère veut exprimer l'héroïsme de la charité des chrétiens ; il le dit en homme d'État, avec une concision qui fait ressortir la pensée dans toute sa force :

> Ils font des vœux pour nous qui les persécutons.
>
> (CORNEILLE.)

Esther exprime la même pensée en parlant des Juifs. Mais elle insiste sur les circonstances qui peuvent le plus toucher le cœur d'Assuérus :

Adorant dans leurs fers le Dieu qui les châtie,
Tandis que votre main, sur eux appesantie,
A leurs persécuteurs les livrait sans secours,
Ils conjuraient ce Dieu de veiller sur vos jours,
De rompre des méchants les trames criminelles,
De mettre votre trône à l'ombre de ses ailes.
(RACINE.)

Sévère parle avec concision, Esther avec abondance ; l'un et l'autre ne laissent pas de rester dans les bornes de la précision.

III. Ordre.

199. L'ORDRE consiste à disposer les mots de manière à faire sentir la suite des idées, des faits ou des mouvements, et surtout à faire ressortir l'idée principale. La correction toutefois ne permet pas toujours à la phrase de se plier à cet arrangement. Rien ne contribue davantage à la clarté que cette disposition qui montre chaque idée à son point de vue le plus net et le plus saillant.

200. Selon l'effet que l'on se propose, l'on suivra, tantôt l'ordre logique des idées, tantôt l'ordre chronologique des circonstances d'un fait, tantôt celui des impressions que l'on éprouve soi-même ou que l'on veut faire éprouver aux autres.

201. Dans toute phrase, il y a toujours une pensée première, et dans toute pensée une idée, une image, ou un mouvement principal auquel se rapportent toutes les autres idées et tous les autres mouvements. A cette pensée première correspond un membre, à cette idée ou à ce mouvement correspond un mot, qui sont le membre et le mot principal et qui constituent l'unité de la phrase. Or ce membre et ce mot demandent une place qui les fasse ressortir.

202. En général ce qui frappe d'abord l'esprit ou le cœur y fait une impression plus vive, et ce qui frappe en dernier lieu laisse une trace plus profonde et plus durable. Le mot

principal réclame donc ordinairement la première ou la dernière place, au commencement ou à la fin de chaque membre et de chaque phrase. Quant aux adverbes, aux prépositions, aux phrases incidentes, qui ne font que modifier, déterminer et compléter l'idée première, s'ils n'expriment pas une circonstance qu'il importe de faire saillir, on les dispersera dans le corps de la phrase.

203. S'agit-il d'exciter l'attention, de saisir l'imagination, de frapper, d'étonner soudain, ou bien de relier une pensée avec celle qui précède, le mot se placera mieux au commencement de la phrase. Mais vous voulez graver une idée dans l'esprit ; la chose que vous avez à dire demande à être préparée, car, exprimée sans détours, elle offenserait, ou semblerait hasardée; vous désirez ménager l'intérêt, piquer la curiosité, produire une impression toujours croissante, réservez le mot principal pour la fin de la phrase.

204. On doit surtout avoir égard au dernier point que nous venons d'indiquer, et ménager une gradation dans l'ordre des idées, des images et des sentiments. *Cavendum est ne decrescat oratio, et fortiori subjungatur aliquid infirmius, sicut* SACRILEGO FUR, *aut* LATRONI PETULANS. *Augeri enim debent sententiæ et insurgere.* (Quintilien.)

Mucius Scévola veut faire ressortir son titre de Romain, et Gavius son titre de citoyen. Le premier dit à Porsenna : ROMANUS *sum civis.* (Tite-Live.) Le second s'écrie : CIVIS *sum romanus.* (Cicéron.)

Étudiez l'ordre et la gradation des idées et des mots, des pensées et des membres de phrase dans l'exorde de Bossuet sur la reine d'Angleterre : *Celui qui règne dans les cieux,* etc.; — et dans celui de Bourdaloue, au sermon sur la résurrection de Jésus-Christ : *Ces paroles sont bien différentes,* etc.

205. De toutes ces observations il résulte que, pour exprimer clairement ses pensées, il faut, 1° connaître à fond la

chose dont on veut parler, et pour cela considérer sérieusement son sujet et tous ses points de vue ; 2° connaître parfaitement la signification et jusqu'aux moindres nuances du sens des termes dont on doit se servir, et posséder la syntaxe de la langue que l'on veut parler.

ARTICLE SECOND.

ÉLÉGANCE.

206. L'ÉLÉGANCE ajoute à la clarté je ne sais quoi de fini, de poli dans l'expression et dans le tour, qui achève et relève la pensée ou le sentiment. C'est par l'élégance que le style plaît à l'imagination et charme le cœur.

207. L'élégance résulte du choix des mots et du tour de la phrase.

§ 1. *Choix des mots.*

208. L'élégance proscrit les expressions communes, basses, triviales, mesquines, ou du moins elle les relève tantôt en les unissant ou en les opposant à des expressions plus nobles, tantôt en préparant l'esprit, l'imagination, ou le cœur à les entendre sans en être offensé.

Ainsi Racine a trouvé le secret de faire entrer dans le style noble les mots *pavé*, *chien*, *bouc*.

> Ai-je besoin du sang des *boucs* et des génisses.
>
> (RACINE, *Athalie*.)

Le mot *génisse* relève le précédent, et empêche l'esprit de s'y arrêter.

Le tableau le plus repoussant devient élégant sous son pinceau, sans rien perdre de sa force :

> Et je n'ai plus trouvé qu'un horrible mélange
> D'os et de chairs meurtris et traînés dans la fange,
> Des lambeaux pleins de sang et des membres affreux
> Que des *chiens* dévorants se disputaient entre eux.
>
> (RACINE, ibid.)

Le mot *pavé* se relève par le contraste, dans ce tableau de la piété de Louis XIV :

Tu le vois tous les jours, devant toi prosterné,
Humilier ce front de splendeur couronné,
Et confondant l'orgueil par de justes exemples,
Baiser avec respect le *pavé* de nos temples.
(RACINE.)

Comparez les deux vers suivants :

Il ne s'est donc pour moi *battu* que par pitié.
Il aura donc pour moi *combattu* par pitié.

Le premier nous rappelle une scène de carrefour : *il s'est battu ;* le second nous transporte sur le champ de bataille : *il aura combattu.* — Autant il est bas et ignoble de *se battre*, comme les gens du peuple, par suite du transport soudain d'une passion dont on n'est pas le maître ; autant il est beau et noble de *combattre* sous l'impulsion d'une colère qu'inspirent la raison même et le devoir de venger une cause juste et de défendre la patrie.

209. Le choix des épithètes surtout contribue singulièrement à donner de l'élégance au discours.

L'ÉPITHÈTE (ἐπί τίθημι) est un mot, ordinairement un adjectif, sans lequel l'idée principale serait suffisamment rendue, mais qui lui ajoute de la grâce ou de la force.

On doit tirer les épithètes de la nature de l'objet ou du caractère de la personne dont on parle, et surtout de la circonstance.

Virgile veut peindre le vieux Priam s'armant pour le combat. Réduit à sa plus simple expression, le fait se borne à ces mots : *Arma circumdat humeris, ferrum cingitur, ac fertur in hostes*. Par un heureux choix d'épithètes tirées de l'âge, de la faiblesse du vieillard, et des circonstances du fait, le poëte nous mettra ce tableau sous les yeux.

Arma diu *senior desueta trementibus* ævo
Circumdat *necquicquam* humeris, et *inutile* ferrum
Cingitur, ac *densos* fertur *moriturus* in hostes.

210. Les épithètes sont vicieuses lorsqu'elles sont fausses, inutiles, vagues ou trop multipliées.

211. L'épithète est *fausse*, lorsqu'elle ne convient pas au sujet ou à la circonstance :

Au *moindre* revers *funeste*.

(ROUSSEAU.)

Un revers ne peut pas être *moindre* et *funeste* à la fois. L'une de ces épithètes ne convient donc pas au sujet.

Mortem avium turbæ nix infert *atra loquaci*.

Les oiseaux ne gazouillent pas en pareille circonstance.

212. L'épithète est *inutile*, lorsqu'elle n'ajoute rien ou presque rien à l'idée, à l'image ou au sentiment :

Comme un tigre *impitoyable*,
Le mal a brisé mes os,
Et sa rage *insatiable*
Ne me laisse aucun repos.

(ROUSSEAU.)

213. L'épithète est *vague*, lorsqu'elle peut s'appliquer à une foule d'objets. Voyez l'exemple qui précède et celui qui va suivre.

214. Enfin l'on ne doit pas multiplier les épithètes, parce qu'alors, au lieu de faire ressortir l'idée, elles ne font que la couvrir et rendre la phrase lourde et traînante :

Enfin les *généreux* poëtes,
Des vertus *fleuris* interprètes,
Sont le peuple de ce séjour.

(LAMOTHE.)

215. Appliquez les mêmes remarques à l'APPOSITION, espèce de petite phrase incidente qui sert d'épithète à une idée :

E collo genitoris, *onus prædulce*, pependit.

(VIRGILE.)

§ 2. *Tour de phrase.*

216. L'élégance relève encore le style, en déguisant par des périphrases les mots trop communs ou trop bas.

Ainsi Delille, n'osant appeler le porc par son nom, le désigne par cette circonlocution : *L'animal qui se nourrit de glands.*

Racine veut éviter de désigner l'heure par l'énoncé si commun et si sec d'un simple chiffre, il fait dire à Joad :

> Quand l'astre du jour
> Aura sur l'horizon fait le tiers de son tour,
> Lorsque la troisième heure aux prières rappelle.....

217. L'élégance peut facilement dégénérer en affectation ridicule, et alors il est vrai de dire avec Gresset :

> L'esprit qu'on veut avoir gâte celui qu'on a.

Voyez les exemples cités plus haut (57,60).

ARTICLE TROISIÈME.

HARMONIE.

218. Il est un heureux choix des mots harmonieux.
Fuyez des mauvais sons le concours odieux.
Le vers le mieux rempli, la plus noble pensée
Ne peut plaire à l'esprit quand l'oreille est blessée.

(Boileau.)

Quintilien avait dit avant Boileau : *Nihil potest intrare in affectum, quod in aure, velut quodam vestibulo, statim offendit.*

L'harmonie (ἁρμόζω) consiste dans l'accord des sons.

219. On distingue deux sortes d'harmonie : l'harmonie *imitative*, qui résulte du rapport des sons avec les choses que les mots expriment ; et l'harmonie dite *mécanique*, qui résulte de l'accord des sons entre eux.

§ 1. *Harmonie imitative.*

220. L'HARMONIE IMITATIVE consiste dans le rapport des sons avec les choses que les mots expriment.

On peut imiter par le son des mots : 1° le bruit et le mouvement des objets matériels, 2° les mouvements de l'âme.

221. **Bruit et mouvement matériel.**

Cri de la scie qu'on lime.

Tum ferri rigor atque argutæ lamina serræ.
(VIRGILE.)

Bruit de la herse sur un terrain pierreux.

Ergo ægre terram rastris rimantur. (Id.)

Les supplices du Tartare.

Hinc exaudiri gemitus et sæva sonare
Verbera. Tum ferri stridor tractæque catenæ. (Id.)

Retentissement d'une javeline lancée contre le cheval de bois.

Stetit illa tremens, uteroque recusso,
Insonuere cavæ gemitumque dedere cavernæ. (Id.)

Approche de l'orage.

Continuo ventis surgentibus, aut freta ponti
Incipiunt agitata tumescere, et aridus altis
Montibus audiri fragor, aut resonantia longe
Littora misceri, et nemorum increbrescere murmur.
(Id., *Géorg.*, 1, 356.)

Pour qui *sont ces ser*pents qui *sif*flent *sur* vos têtes?
(RACINE.)

Le rauque son de la trompette du Tartare appelle les habitants des ombres éternelles ; les noires cavernes en sont ébranlées, et le bruit, d'abîme en abîme, roule et retombe. (CHATEAUBRIAND.)

Les voiles d'un vaisseau mises en pièces par un coup de vent.

Ἱστία δέ σφιν
Τριχθάτε τετραχθάτε διέσχισεν ἲς ἀνέμοιο.
(HOMÈRE, *Odyssée.*)

Le mouvement précipité et la chute d'un taureau qu'on immole.

Sternitur, exanimisque tremens procumbit humi bos.
(VIRGILE.)

Le vol rapide d'une colombe effrayée.

Fertur in arva volans, plausumque exterrita pennis
Dat tecto ingentem ; mox aere lapsa quieto
Radit iter liquidum, celeres neque commovet alas.
(Id.)

Le galop du cheval.

Quadrupedante putrem sonitu quatit ungula campum.

L'effort des Cyclopes et la chute cadencée de leurs marteaux.

Illi inter sese magna vi brachia tollunt
In numerum, versantque tenaci forcipe ferrum.
(VIRGILE.)

Le cours d'un ruisseau à travers les obstacles.

Et obliquo laborat
Lympha fugax trepidare rivo.
(HORACE.)

L'exemple de l'imitation des sons et des mouvements matériels est joint aux préceptes dans les vers suivants :

Peins-moi légèrement l'amant léger de Flore,
Qu'un doux ruisseau murmure en vers plus doux encore.
Entend-on de la mer les ondes bouillonner,
Le vers comme un torrent en roulant doit tonner.
Ajax soulève un roc et le lance avec peine,
Chaque syllabe est lourde, et chaque mot se traîne.
Mais vois d'un pied léger Camille effleurer l'eau,
Le vers vole et la suit aussi prompt que l'oiseau.
(DELILLE.)

Mouvements de l'âme.

222. De même que la musique a le pouvoir d'exciter et d'exprimer les diverses passions, de même par le mélange des sons et des cadences graves ou légères, calmes ou brusques, sourdes ou éclatantes, la langue représente ou fait naître les

diverses impressions de la tristesse ou de la joie, de la paix ou de la colère, de la haine et du mépris, ou bien de l'amour et de l'admiration, et ainsi des autres sentiments de l'âme.

La tristesse.

Cunctæque profundum
Pontum adspectabant flentes.

(VIRGILE.)

La fierté, puis la colère.

Ast ego, quæ Divum incedo regina Jovisque
Et soror et conjux, una cum gente tot annos
Bella gero! et quisquam numen Junonis adoret
Præterea, aut supplex aris imponat honorem?

(VIRGILE.)

La fierté.

Par là je me rendis terrible à mon rival,
Je ceignis la tiare et marchai son égal.

(RACINE.)

La majesté pouvait-elle être plus noblement représentée que par l'harmonie du début d'*Athalie* et de l'exorde de l'*oraison funèbre de la reine d'Angleterre?*

§ 2. *Harmonie mécanique.*

223. L'HARMONIE *dite* MÉCANIQUE résulte de l'accord des sons entre eux.

L'oreille demande dans l'ensemble des sons ce que l'esprit réclame dans la série des pensées, c'est-à-dire une certaine mesure et une certaine connexion qui satisfassent tour à tour ce besoin de repos et d'activité qu'éprouvent les organes du corps, aussi bien que les facultés de l'âme. On obtiendra cette harmonie, à la fois constante et variée, au moyen du *nombre* et de la *période*.

I. Nombre.

224. Le NOMBRE consiste dans un certain accord des sons, des mots, des membres, des coupes et des chutes de la phrase, calculé et mesuré de manière à faciliter la respiration de celui qui parle, à flatter l'oreille de celui qui écoute, et à satisfaire l'esprit, en favorisant l'attention et l'intelligence de ce qui est dit.

225. L'esprit, pour comprendre sans peine et pour soutenir son attention sans fatigue, demande que les coupes de la phrase correspondent au sens, que l'ensemble des idées qui lui sont présentées à la fois puisse être embrassé facilement, que, s'il est possible, l'intérêt et l'importance des pensées ou des mouvements aillent toujours croissant.

La respiration attend des repos variés, soit par le plus ou moins d'intervalle qui les sépare, soit par la diverse longueur des pauses. La mesure commune de la respiration ne dépasse guère celle du vers alexandrin ou hexamètre.

L'oreille exige un heureux mélange des sons et des syllabes longues et brèves, des voyelles et des consonnes, des lettres douces et fortes, des mots et des membres de diverse longueur, des coupes, et enfin des cadences, qui doivent être tantôt graves, tantôt légères, tantôt rares, tantôt fréquentes. Les saccades brusques et rudes l'irritent, la monotonie l'endort; elle attend à la fin de chaque membre, et surtout de chaque phrase, une chute pleine, sonore et variée. *Hæc est sedes orationis, hoc auditor expectat, hic laus omnis declamat.* (Quintilien.)

Celui qui règne dans les cieux, etc. (BOSSUET, Exorde de l'*Oraison funèbre de la reine d'Angleterre.*)

Oui, je viens dans son temple adorer l'Éternel, etc.
(RACINE, début d'*Athalie*.)

226. Cette harmonie du nombre dépend du choix des mots et de leur combinaison.

Dans le *choix des mots*, préférez ceux qu'un heureux mélange de consonnes et de voyelles, de syllabes longues et brèves, de lettres douces et fortes, rend sonores, coulants, faciles à prononcer et agréables à l'oreille.

227. Dans la *combinaison de la phrase*, évitez :

1° La rencontre des voyelles qui s'entre-choquent :

Il alla à Alexandrie.

2° La répétition des mêmes mots ou des mêmes consonnances :

Pourquoi *ce* roi du monde et *si* libre et *si sa*ge
Subit-il *si sou*vent un *si* dur esclavage ?

(VOLTAIRE.)

Quam mul*ti li*neas pascunt bla*ttas*que diser*ti*.

(MARTIAL.)

3° Les séries de mots de même dimension ou de même quantité:

Conturbabantur Constantinopolitani
Innumerabilibus sollicitudinibus.

On hait ce que l'on a ; ce qu'on n'a pas, on l'aime.

Bourdaloue résume en vingt monosyllabes tout l'esprit et toute la logique du chef-d'œuvre de Port-Royal :

Ce qu'un seul a mal dit, tous l'ont dit ; et ce que tous ont bien dit, nul ne l'a dit.

L'harmonie de cette phrase est un peu rude, mais la vérité ne saurait l'être trop, quand il s'agit de flétrir le mensonge.

Il peut toutefois se rencontrer une suite de mots d'égale dimension qui se combinent si heureusement que l'oreille n'en soit nullement blessée.

Rien de plus net et de plus coulant que ce vers de Racine, composé uniquement de monosyllabes :

Le ciel n'est pas plus pur que le fond de mon cœur.

II. Période.

228. La PÉRIODE réunit ensemble deux ou plusieurs propositions distinctes, de telle manière que le sens reste suspendu jusqu'à la fin.

229. C'est cette dépendance mutuelle des pensées, et cette suspension du sens qui forme le caractère de la période, et qui la distingue de la phrase ordinaire.

Toute phrase n'est donc pas une période. Ainsi lorsque vous lisez dans l'exorde de l'oraison funèbre de la reine d'Angleterre par Bossuet :

Vous verrez dans une seule vie toutes les extrémités des choses humaines : la félicité sans bornes aussi bien que les misères, etc., etc.

Cette longue phrase ne forme pas une période, par la raison que l'esprit peut s'arrêter et former son jugement après chaque proposition ; mais prenez la seconde phrase de ce même exorde, la première proposition offre un sens complet ; *soit qu'il élève les trônes ;* et cependant la conjonction *soit que* ordonne à l'esprit d'attendre sa corrélative, et à leur tour ces corrélatives répétées, *soit que, soit que,* exigent une troisième proposition qui énonce le rapport que les deux précédentes ont entre elles. Une fois ce rapport énoncé, le sens n'est plus suspendu, l'esprit peut se reposer ; la période est terminée, et cependant la phrase ne l'est pas ; car aussitôt l'orateur, au moyen d'une conjonction, rattache à la période la preuve de ce qu'il vient d'avancer ; puis, à cette preuve, il joint une autre raison pour justifier sa première assertion. Voilà donc une phrase qui comprend trois périodes ; d'où l'on peut dire : De même que toute phrase n'est pas une période, de même aussi toute période n'est pas une phrase.

230. La période est déterminée par les particules qui annoncent d'avance le rapport et la dépendance des propositions qui vont suivre.

231. Les propositions dont la dépendance mutuelle constitue la période s'appellent MEMBRES.

232. On nomme INCISES les propositions qui se suivent et se rattachent ensemble, sans qu'il existe entre elles de dépendance nécessaire.

233. Le membre ne peut pas se retrancher que la phrase ne devienne inintelligible ; l'incise, au contraire, peut se supprimer sans que le sens de la phrase soit arrêté.

Ainsi, la première phrase de l'exorde cité est une période à deux membres. Le premier membre comprend trois incises, le second en renferme deux. En effet, dites : *Celui qui règne dans les cieux est aussi le seul qui se glorifie de faire la loi aux rois,* la période est complète et peut s'arrêter là ; car l'esprit n'exige plus rien. Au contraire, l'esprit ne peut pas s'arrêter après cette proposition : *Celui qui règne dans les cieux ;* les mots *celui qui* exigent une proposition correspondante et suspendent le sens. Or, c'est cette proposition correspondante qui sera le second membre, et non les deux propositions qui suivent immédiatement : *De qui relèvent tous les empires ; à qui seul appartient la gloire,* etc. ; car celles-ci ne sont nullement nécessaires au complément de la première ; elles ne sont donc que des incises.

234. On distingue des périodes à deux, à trois et à quatre membres.

N. B. Le signe ‖ indique la coupe des membres, et le signe | celle des incises.

Période à deux membres sans incises.

I. ‖ Quelle que soit l'indifférence de notre siècle pour les talents qui l'honorent ; II. ‖ il rend du moins justice à ceux qui ne sont plus. (THOMAS.)

Période à deux membres avec incises.

I. || Si l'équité régnait dans le cœur des hommes ; | si la vérité et la vertu leur étaient plus chères que les plaisirs, la fortune et les honneurs ; II. || rien ne pourrait altérer leur bonheur. (MASSILLON.)

Période à trois membres.

I. || Πρῶτον μέν, ἄνδρες Ἀθηναῖοι, θεοῖς εὔχομαι πᾶσι καὶ πάσαις, II. || ὅσην εὔνοιαν ἔχων ἐγὼ διατελῶ τῇ πόλει καὶ πᾶσιν ὑμῖν, III. || τοσαύτην ὑπάρξαι μοι παρ' ὑμῶν εἰς τουτονὶ τὸν ἀγῶνα. (DÉMOSTHÈNE.)

Période à quatre membres.

I. || Ac veluti magno in populo cum sæpe coorta est
Seditio, | sævitque animis ignobile vulgus ;
II. || Jamque faces et saxa volant, | furor arma ministrat :
III. || Tum pietate gravem ac meritis si forte virum quem
Conspexere, IV. || silent, arrectisque auribus adstant ;
| Ille regit dictis animos, | et pectora mulcet. (VIRGILE.)

I. || Si quantum in agro locisque desertis audacia potest, II. || tantum in foro atque in judiciis impudentia valeret ; III. || non minus in causa caderet Aulus Cæcina Sexti Æbutii impudentiæ, IV. || quantum in vi facienda cessit audaciæ. (CICÉRON.)

I. || Comme une colonne dont la masse solide paraît le plus ferme appui d'un temple ruineux, II. || lorsque ce grand édifice qu'elle soutenait fond sur elle sans l'abattre ; III. || ainsi la reine se montre le plus ferme appui de l'État, IV. || lorsque, après en avoir longtemps porté le faix, elle n'est pas même courbée dans sa chute. (BOSSUET.)

235. Lorsque les quatre membres de la période offrent une certaine symétrie dans la dimension des membres et la relation des consonnances, elle reçoit le nom de période *carrée*. (Voyez ci-dessus l'exemple tiré de Cicéron.)

236. On cite quelquefois comme périodes certaines phrases dont les propositions se relient au moyen des conjonctions, telles que celle-ci :

N'attendez pas, Messieurs, que j'ouvre ici une scène tragique, que je représente ce grand homme étendu sur ses propres trophées, que je découvre ce corps pâle et sanglant, auprès duquel fume encore la foudre qui l'a frappé ; que je fasse crier son sang comme celui d'Abel, et que j'expose à vos yeux les tristes images de la religion et de la patrie éplorées. (FLÉCHIER.)

Or, dans cette phrase, il n'existe pas trace d'une période. Le sens est si peu suspendu, que l'esprit peut s'arrêter après chaque proposition, et la phrase se terminer là. On ne peut y voir autre chose qu'une série d'incises unies par la conjonction *que*. Cette liaison peut bien contribuer à rendre le style périodique, mais elle ne suffit pas pour constituer la période proprement dite.

237. **Lorsque le nombre des membres d'une période se multiplie indéfiniment, ou que plusieurs périodes se suivent,** le style devient PÉRIODIQUE.

Lorsque les phrases sont détachées, courtes, offrant chacune un sens complet, le style est COUPÉ.

Exemple du style périodique : le début de l'oraison funèbre de la reine d'Angleterre.

Exemple du style coupé : le récit de la mort de Turenne, par Mme de Sévigné.

238. Le style périodique, et surtout la période proprement dite, par l'étroit enchaînement des pensées et par la suspension où il tient l'esprit, est très-propre à commander l'attention et à montrer les rapports des idées entre elles ; mais, à la longue, il lasserait, si on ne le rompait de temps en temps par le style coupé. Ce dernier mode de style convient surtout aux récits, au langage de la passion, et, en général, lorsqu'il s'agit de presser un raisonnement ou de pousser un mouvement. C'est du mélange habile de ces deux formes de phrase que résulte l'harmonie générale du style.

Voulez-vous du public mériter les amours ?
Sans cesse en écrivant variez vos discours.
Un style trop égal et toujours uniforme
En vain brille à nos yeux, il faut qu'il nous endorme.
On lit peu ces auteurs, nés pour nous ennuyer,
Qui toujours sur un ton semblent psalmodier.
Heureux qui, dans ses vers, sait d'une voix légère
Passer du grave au doux, du plaisant au sévère.

(BOILEAU.)

SECTION DEUXIÈME.

MOYENS DE SE FORMER LE STYLE.

239. Les principes que nous venons d'exposer peuvent éclairer le jugement et le goût dans l'appréciation du beau, et diriger le génie et le talent dans le travail de la composition ; mais l'étude des modèles et l'exercice du style enseigneront, mieux que tous les préceptes, et la théorie et surtout la pratique de l'art d'écrire. *Longum iter per præcepta,* a dit Sénèque, *breve et efficax per exempla.* Tel est aussi le sentiment de saint Augustin et de Fénelon :

Les hommes qui ont un génie pénétrant et rapide profitent plus facilement dans l'éloquence, en lisant les discours des hommes éloquents, qu'en étudiant les préceptes mêmes de l'art. (AUG., *de Doctr. Christ.* FÉNEL., *Dial. éloq.*)

Quant à la nécessité de l'exercice du style, il est permis, je pense, de s'en rapporter à l'autorité de Cicéron, dont nous citerons une seconde fois les paroles :

Caput autem est, quod, ut vere dicam, minime facimus (est enim magni laboris, quem plerique fugimus) quamplurimum scribere. — Stylus optimus et præstantissimus dicendi effector et magister. (CICÉRON, *de Orat.*, l. I, c. 33.)

Les deux principaux moyens de se former le style, c'est-à-dire d'apprendre à bien parler et à bien écrire, sont donc l'étude des modèles et l'exercice de la composition.

CHAPITRE PREMIER.

ÉTUDE DES MODÈLES.

240. Par MODÈLE, on entend ce qui existe de plus parfait dans un genre. Le modèle du beau littéraire n'est autre que l'idéal même du beau essentiel, dont le beau littéraire n'est que l'expression.

241. Étudiez donc le beau en Dieu lui-même, et dans les œuvres immédiates de ses mains, surtout dans celles qui représentent le mieux les traits de sa sagesse et de sa perfection infinie. La nature, en général, et spécialement l'homme, chef-d'œuvre de la création, en qui seul se trouve résumé tout ce qu'il y a de perfection dans le reste de l'univers : voilà les deux premiers livres dont vous étudierez les pages. Toutefois, n'oubliez pas que les traits de l'image et de la ressemblance divine ont été à demi effacés en l'homme par suite du péché originel, et que le monde matériel lui-même, souillé par les prévarications de son roi, a subi de profondes altérations.

242. Ne dites donc pas avec cette école dont le nom même sonne quelque chose de faux, ne dites pas qu'il n'existe d'autre modèle que la nature, et que tout ce qui est naturel est vrai, bien et beau par là même. Ces deux principes, sous une apparence de vérité, renferment la source de tous les désordres littéraires. Assurément il suffirait de suivre et d'imiter la nature, si la nature était ce qu'elle doit être. Mais, depuis que le péché a dégradé l'homme, et par suite le palais qu'il habite, il faut chercher ailleurs que dans l'homme et que dans le monde tel qu'il est, le type et le modèle idéal de la perfection, et dès lors il faut un autre modèle que la nature.

243. Le second principe est également faux. Oui, tout ce

qui est conforme à la nature telle qu'elle doit être, est par là même, vrai, bon et beau; mais la nature n'étant plus ce qu'elle devrait être, ni dans l'homme, ni dans le reste du monde, l'ignorance et le faux, le vice et le mal, le honteux et le laid peuvent se trouver et souvent se trouvent conformes à la nature dégradée : donc tout ce qui est naturel n'est pas, par là même, digne d'être proposé comme modèle. Or, où trouver cette rectification du modèle primitif? Où retrouverons-nous le type idéal de la nature telle qu'elle devait être d'après le plan de son divin auteur?

244. Dieu a eu pitié de l'œuvre de ses mains. Voulant réparer en l'homme les traits de son image, il a daigné, par sa parole, dissiper les ténèbres que l'ignorance et l'erreur avaient amoncelées autour de sa raison; il a bien voulu susciter des hommes forts et saints qui pussent servir aux autres de modèles de vertu. Les discours et les chants inspirés des prophètes, l'Évangile du Prophète par excellence, les écrits des apôtres que le Maître a chargés d'enseigner aux nations les voies de la vérité et de la vie, les exemples des héros et des grands hommes qui eurent l'honneur ou de figurer d'avance, ou de retracer, après sa venue, les traits à la fois divins et humains du premier-né de toute la création : tels sont les modèles que vous devez étudier, si vous voulez concevoir dans votre intelligence l'idée du beau, même naturel, dans toute sa splendeur et dans toute sa pureté, et si vous voulez exprimer cet idéal dans votre personne et par votre parole.

245. Cette étude, il est vrai, vous transportera bien au-dessus du type du beau naturel, et vous élèvera par la contemplation et par la pratique à une perfection intellectuelle et morale dont votre nature par elle-même n'eût jamais été capable : vous entrerez dans l'ordre surnaturel. Aussi, j'entends déjà gronder l'orgueil humain; on nous reproche de sortir des limites de l'ordre purement littéraire. Laissez-les dire. Est-ce

que, pour un chrétien, il existe un ordre littéraire, un beau poétique ou oratoire purement naturel? Serait-il vrai qu'il n'est pas de poésie, pas d'éloquence possible, si vous ne descendez du rang surnaturel de chrétien pour vous faire ce que vous n'êtes plus, ce que vous ne pouvez plus être sans un crime et sans vous dégrader, pour vous faire simplement homme de pure raison? Non; le seul beau littéraire, poétique ou oratoire, qui soit digne d'un chrétien, est et doit être au-dessus de la nature.

246. Le premier modèle que nous proposons à votre étude et à votre imitation sera donc la Bible, livre des livres, écriture SAINTE, expression fidèle de la parole de Dieu, et c'est uniquement à ces pages inspirées que nous transporterons le précepte d'Horace :

> Vos exemplaria *sacra*
> Nocturna versate manu, versate diurna.
> (*Art. poét.*)

Ce que saint Jérôme prescrivait à un jeune homme qui aspirait à la dignité du sacerdoce, nous osons le conseiller à tout chrétien qui prétend devenir poëte ou orateur sans être obligé de sortir du vrai : *Divinas Scripturas sæpius lege; imo nunquam de manibus tuis sacra lectio deponatur.*

247. Nous ne prétendons pas toutefois nous élever contre l'exemple des plus sublimes génies de l'antiquité chrétienne, des Basile et des Grégoire de Nazianze, des Chrysostome, des Jérôme et des Augustin; nous ne porterons pas la témérité jusqu'à nous poser contre la tradition constante des écoles catholiques, autorisées et encouragées par les papes les plus illustres et les plus sages; loin de nous la pensée de justifier et de réaliser le rêve d'un Julien, et d'enlever à la jeunesse catholique ces ressources oratoires et poétiques que les grands

écrivains de tous les âges ont puisées à l'étude des chefs-d'œuvre d'Athènes et de Rome.

248. Ignorance dans l'entendement, faiblesse et malice dans la volonté, corruption dans les sens et dans les passions, tels furent les résultats funestes de la chute du genre humain dans la personne de son premier père, et cependant l'homme a toujours conservé assez de lumière pour reconnaître un certain nombre de vérités de l'ordre naturel, assez de liberté pour vouloir et pour faire quelque bien, assez de force pour ne pas céder en tout à l'entraînement de la passion et à l'illusion des sens. Il a donc pu se rencontrer, même au sein des nations égarées dans les ténèbres du paganisme et assises à l'ombre de la mort, et il s'est rencontré en effet des hommes d'un génie assez élevé, d'un caractère assez fort, d'un naturel assez droit pour voir et pour dire certaines vérités, pour vouloir et pour pratiquer certaines vertus, pour dompter et pour vaincre certains vices et certaines passions.

Dès lors, ils ont pu retracer dans leurs œuvres quelques traits du beau idéal de l'ordre naturel. Or, le chrétien reprend son bien où il le trouve. Dans les lettres comme dans les sciences, et aussi bien que dans les beaux-arts, les dépouilles de l'Égypte nous appartiennent. Que le vrai et que le beau viennent à se rencontrer sous la plume d'un païen, je ne le rejette pas, sous prétexte que c'est un idolâtre qui a vu cette vérité ou ressenti cette inspiration. Les esprits exclusifs sont toujours étroits et, par là même, ils sont faux. J'admire la hardiesse de l'ogive ; mais laissez-moi contempler aussi la majesté du cintre, et permettez-nous de penser que, pour s'élever d'après les proportions du style grec, Saint-Pierre de Rome n'en est pas moins un monument sublime de l'architecture chrétienne.

249. On distingue, et avec raison, l'élément chrétien et l'élément païen ; l'art chrétien, l'art païen ; le sublime chré-

tien, le sublime païen. Observons toutefois que cette énumération n'est pas adéquate ; il existe un troisième élément qui tient le milieu entre le chrétien et le païen : c'est l'élément, l'art et le sublime simplement naturel ou humain. L'élément chrétien ou surnaturel, c'est la foi en Dieu, ayant la grâce pour principe, et pour fruit la charité. L'élément païen ou diabolique, c'est la foi au démon ou l'idolâtrie, ayant le vice pour principe, et pour fruit l'égoïsme. L'élément simplement naturel ou humain, c'est la raison, dont le principe n'est pas moins divin que la grâce, et dont le fruit est la pratique de la vertu morale. Or, il est certain que chez les païens eux-mêmes, malgré leurs erreurs et leurs vices, le flambeau de la raison jette parfois de brillantes étincelles, et que, chez quelques-uns d'entre eux, la grandeur primitive de l'homme se révèle par des traits de sublime vertu.

250. Il vous est donc permis d'étudier dans les chefs-d'œuvre païens les principes et les modèles du raisonnement, la théorie et la pratique du mouvement poétique ou oratoire, la noblesse et la simplicité du style, la pureté et la propriété du langage, la sagesse même, les vertus purement humaines que l'Esprit saint a louées en eux. Peut-être même ne vous est-il pas permis d'ignorer l'histoire et la langue de ces deux peuples, que Dieu lui-même avait choisis et de longue main préparés à recevoir les premiers l'élément surnaturel de la foi chrétienne, et qui, après les élus du peuple déicide, et à la place de cette race infidèle, eurent l'honneur d'être, non-seulement les premiers disciples, mais encore les premiers apôtres, les premiers martyrs et les premiers docteurs de l'Église catholique et romaine.

Qui nous délivrera des Grecs et des Romains,

avez-vous dit? Et ne savez-vous pas que *romain* est devenu synonyme de *chrétien?* Seriez-vous de ceux qui disent : Je suis catholique, mais je ne suis pas Romain? Et d'où vient donc cette conspiration contre les auteurs dont le génie forma les deux langues qui devaient les premières proclamer sur la croix le titre royal de Jésus de Nazareth! *Scripsit autem titulum Pilatus, et posuit super crucem. Erat autem scriptum : Jesus Nazarenus, rex Judæorum... Et erat scriptum hebraice,* GRÆCE *et* LATINE. Depuis quand le chrétien ne pourrait-il pas, sans redevenir païen, étudier à la source l'idéal de deux langues préparées par la Providence à être l'expression catholique de la liturgie, du dogme et de la discipline de l'Église, et à retentir jusqu'à la fin des siècles sous les voûtes de nos temples et dans l'enceinte de nos conciles?

Vous étudierez donc Homère et Démosthène, Virgile et Cicéron, Pindare et Horace, Xénophon et César, Thucydide et Salluste, Hérodote et Tite-Live, Plutarque et Cornélius. Je ne crains pas que le génie païen puisse éclipser à vos yeux l'idéal du génie inspiré de nos écrivains sacrés et chrétiens.

Qu'ils vous sembleront petits les dieux et les héros d'Homère et de Virgile auprès du Dieu et des grands hommes que chantent nos prophètes! Quelle froideur dans l'enthousiasme des Pindare et des Horace, auprès du transport qui charme et qui ravit un David et un Isaïe?

La sagesse, les conquêtes, l'empire et le gouvernement de Cyrus, la retraite des dix mille Grecs, les campagnes de César, que sont-elles, comparées à la merveilleuse retraite des Hébreux, à la sagesse d'un Moïse ou d'un Salomon, aux conquêtes d'un Josué ou d'un David? Les guerres du Péloponnèse et les luttes de Rome contre les Catilina et les Jugurtha peuvent-elles soutenir le parallèle avec le récit des travaux d'un Néhémie et des combats des Machabées? Rapprocherez-vous Hérodote de la Genèse ou des Juges, les Annales de Tite-Live ou de Tacite de celles des Rois? Opposerez-vous les appréciations si sages de Plutarque ou la simplicité si juste

Cornélius aux jugements que le fils de Sirach porte sur les grands hommes d'Israël, et aux récits que nous ont laissés les historiens sacrés, sous le titre si modeste de Paralipomènes? Qu'est-ce enfin que les foudres de Démosthène, qu'est-ce que le nombre majestueux de l'orateur romain en présence des fulminantes Épîtres de Paul, ou de la solennelle majesté d'un Moïse au Deutéronome, ou bien d'un saint Pierre dans ses Épîtres au monde chrétien? Que deviennent et la hauteur d'un Platon et la profondeur d'un Aristote, à côté des sublimes leçons de la Sagesse et des profondes sentences des Proverbes d'un Salomon? Non, l'étude des chefs-d'œuvre du génie païen et la contemplation des hauts faits de l'héroïsme chez les infidèles, loin de faire dominer dans l'esprit et dans le cœur d'un chrétien l'élément du paganisme, ne peut que faire ressortir avec plus d'éclat l'immense supériorité de l'inspiration et de l'enthousiasme surnaturel de la vérité et de la vertu.

251. Terminons par une observation capitale, mais dont l'évidence est telle, qu'il suffit de l'énoncer. Tout ouvrage où les principes de la raison naturelle et de la foi surnaturelle, où les vérités de la religion et les lois de la morale sont attaquées par le sophisme, tout ouvrage inspiré par le vice, qu'il sorte de la plume d'un païen ou de celle d'un chrétien, ne peut pas être proposé pour type du beau littéraire. Ni la politesse du style, ni tout l'art du monde, ne sauraient rendre classiques les séductions du mensonge ou du libertinage : car un livre n'est *classique*, c'est-à-dire propre aux classes où la jeunesse apprend à bien penser et à bien parler, qu'à la condition d'être conforme aux lois de la vérité et aux règles de la vertu.

252. Nous avons suffisamment déterminé quels sont les auteurs qui doivent et peuvent être considérés comme modèles; indiquons comment on doit les étudier.

L'étude des modèles se réduit à quatre opérations : la *lecture*, l'*analyse*, la *traduction*, l'*imitation*.

ARTICLE PREMIER.

LECTURE.

253. Lire (*legere*), c'est choisir et cueillir ; la lecture ne consiste donc pas seulement à parcourir de l'œil les pages d'un livre, mais bien à faire choix de ce qui se rencontre de vrai, de bon et de beau dans les pensées et dans les sentiments exprimés par la parole écrite, et à le conserver par la réflexion dans le trésor de son esprit et de son cœur. Ici deux questions se présentent : Que faut-il lire? Comment faut-il lire?

§ 1. *Que faut-il lire?*

254. Nous pourrions répondre d'un seul mot : Lisez les modèles. Mais qu'on nous permette d'insister sur cette réponse. Vous voulez vous former le style ; or le style est l'homme : ce qu'il faut donc former en vous, c'est l'homme. En d'autres termes, si vous voulez apprendre à bien écrire, apprenez avant tout à bien penser, à bien vouloir, à bien parler, à bien agir. Tenez-vous donc aux auteurs les plus parfaits en chaque genre : *Ego optimos quidem et statim, et semper*. (Quintil., l. 2, c. 6.) Lorsque vous aurez épuisé les écrivains excellents, s'il vous reste du temps, vous pourrez essayer les médiocres ; mais vous reconnaîtrez bientôt que c'est dans les chefs-d'œuvre des hommes de génie qu'il faut chercher et que l'on trouve, non-seulement la forme du beau, mais le fond même de la vraie science, et que cette science se trouve et s'apprend là avec plus de clarté, de plénitude et en même temps de brièveté, que dans les longs volumes des écrivains qui ne sont que savants et érudits.

255. Au reste, ce n'est pas en lisant beaucoup de livres que l'on s'instruit, mais en lisant beaucoup un même livre : *Multum legendum, non multa.* (Pline le jeune, l. 8, ép. 9.) « La multitude des livres, dit Sénèque, au lieu d'enrichir et « d'éclairer l'esprit, ne fera qu'y jeter le trouble et la confu- « sion. » Les grands lecteurs peuvent devenir des hommes très-érudits ; mais les hommes qui ne sont qu'érudits ne sont pas de vrais savants, bien moins encore de grands écrivains. Un fameux docteur a dit : *Timeo hominem unius libri.* Et M. de Bonald n'a pas craint d'avancer que, « de deux hommes également favorisés de la nature, celui-là réussira mieux dans l'art d'écrire, et possédera surtout la manière la plus originale, qui aura lu le plus souvent et avec le plus de fruit un petit nombre d'excellents ouvrages et moins d'ouvrages médiocres. »

§ 2. *Comment faut-il lire?*

256. Lisez avec ordre, avec sobriété, avec réflexion.

I. *Ordre.* Il ne s'agit pas ici de la lecture de ces livres que l'on ne veut que parcourir pour consulter un auteur sur une question, ou pour avoir la connaissance bibliographique d'un ouvrage ; je suppose que vous avez choisi un ou plusieurs livres bien pensés et bien écrits, dans le dessein d'y étudier le beau littéraire, ou même le fond d'une science. Votre choix bien arrêté, ne voltigez pas d'un livre à l'autre. Une fois un ouvrage commencé, poursuivez-le jusqu'à la fin ; suivez, sans chercher à le devancer, la marche de votre auteur. Vous pourrez sans doute conduire de front plusieurs branches des sciences ou des lettres, mais n'embrassez pas à la fois plus que ne vous le permettent et la nature de votre esprit, et le genre de vos occupations, et le loisir de votre position. Rien peut-être n'est plus propre à détendre tous les ressorts de l'intelligence et à engendrer le chaos dans l'esprit, que ces lectures décousues, morcelées, sautillantes. Le papillon vole de fleur en fleur, aussi n'a-t-il que l'éclat si éphémère de ses ailes; l'abeille ne quitte pas une fleur qu'elle n'en ait recueilli tout le suc, aussi elle rentre à la ruche chargée de ce butin précieux dont elle sait tirer et le miel qui nous charme sur nos tables, et la cire qui brûle sur nos autels.

257. II. *Sobriété.* Lisez peu à la fois. Une nourriture trop abondante fatigue et surcharge l'estomac, de même une lecture trop longue rassasie et embarrasse l'esprit.

258. III. *Réflexion.* Après avoir lu, revenez par la pensée sur votre lecture, et sachez vous en rendre compte. Demandez-vous à vous-même : 1° quel est le but général de l'ouvrage, et le but spécial de chaque partie; 2° quel est le plan, la marche que suit l'auteur pour parvenir à ce but, quel est l'enchaînement et la progression des pensées et des mouvements, c'est-à-dire comment chaque pensée et chaque mouvement tendent à produire l'effet que l'on s'est proposé; enfin 3° voyez comment l'expression répond précisément à l'idée que l'on a voulu rendre.

Une pensée vous frappe, une image vous plaît, un sentiment vous touche; revenez sur cette impression, tâchez d'en découvrir la raison, et ne vous laissez pas entraîner par de vaines apparences. *Omnia probate, quod bonum est tenete* (I. Thess., 5, 21). Lisez et relisez les traits qui ont fait briller à votre intelligence un rayon nouveau de la vérité, ou qui ont excité dans votre cœur un élan de vertu; notez même ces lumières et ces résolutions que l'esprit de sagesse et de force vous a communiquées par l'organe de l'un de vos semblables : *Forsan et hæc olim meminisse juvabit.*

ARTICLE SECOND.

ANALYSE.

259. L'ANALYSE (ἀνά λύω, *resolvo*) consiste à décomposer un ouvrage, à le dégager de tous les ornements dont l'auteur a su le parer, et à le réduire à sa plus simple expression, afin d'en examiner le fond et les éléments constitutifs et d'en découvrir la liaison.

260. L'analyse est la pierre de touche pour juger de la justesse et de la solidité d'un ouvrage. Combien de pièces, soi-disant poétiques ou oratoires, que le creuset de l'analyse réduit en fumée! Que reste-t-il souvent, lorsque après avoir élagué les phrases pompeuses et sonores qui éblouissent la vue et étourdissent l'oreille, le lecteur sérieux cherche simplement la vérité des pensées, la justesse des images et le naturel des sentiments? Si l'on veut une expérience curieuse de ce pouvoir vérificateur de l'analyse, on peut en faire l'application aux plus brillants passages de messieurs Victor Cousin, de Lamennais, Victor Hugo et Lamartine.

261. On peut distinguer trois sortes d'analyse : l'ANALYSE PHILOSOPHIQUE ou analyse des idées, supprimant les développements employés par l'auteur pour faire comprendre ou ressortir sa pensée, réduit à leur plus simple expression les propositions et leurs preuves, les objections et les réponses, afin d'en observer la valeur et la connexion.

262. L'ANALYSE HISTORIQUE, ou analyse des faits, supprimant les détails accessoires des événements, en indique simplement la substance et cherche à signaler leurs causes et leurs résultats.

263. Après avoir fait sur le fond du sujet l'analyse philosophique ou historique, selon que ce fond est un discours ou

un récit, on procède à l'ANALYSE LITTÉRAIRE, qui se réduit aux trois questions que nous avons indiquées, à propos de la lecture, en parlant de la réflexion : 1° quel est le but; 2° quel est le plan; 3° quel est le style de l'ouvrage ou du morceau dont vous voulez vous rendre compte?

Nous donnerons, en traitant des divers genres de composition le plan d'analyse qui leur convient; nous n'indiquerons ici que les observations relatives au style.

264. L'analyse propre au style consiste à se rendre compte des qualités des pensées : vérité, clarté; de leurs divers caractères : simplicité, naturel, naïveté, grâce, éclat, force, hardiesse, etc.; des figures sous lesquelles elles sont présentées, des transitions qui les rattachent entre elles; de la clarté, de l'élégance, de l'harmonie des mots et des phrases.

265. Cette critique détaillée est fort utile pour exercer et pour former le jugement et le goût. De même que le moyen de découvrir les causes de la force ou de la faiblesse d'un mécanisme matériel est ordinairement de décomposer la machine et d'en observer en détail toutes les pièces; de même cette analyse minutieuse appliquée tour à tour au style des bons et des mauvais écrivains, vous révélera infailliblement la raison de la supériorité des uns et de la nullité des autres. Du reste, une fois que vous vous serez exercé pendant quelque temps à ce travail d'observation, tout ce que ces détails offrent de remarquable frappera votre attention sans même retarder votre lecture.

ARTICLE TROISIÈME.

IMITATION.

266. L'IMITATION consiste à reproduire la pensée, le plan, l'expression même d'un modèle, mais avec une certaine liberté. Voulez-vous emprunter la pensée d'un écrivain, sans

le copier, changez le tour et l'expression; mais tâchez de mieux dire : sinon il eût été plus simple de le copier en le citant. Est-ce le tour ou l'expression qu'il vous plaît de dérober, appliquez-les à d'autres sujets. Vida, dans les vers suivants, donne à la fois le précepte et l'exemple :

Cum vero cultis moliris furta poetis,
Cautius ingredere, et *raptus* memor *occule versis*
Verborum *indiciis*.

Il imite ce vers de Virgile sur Cacus :

Cauda in speluncam tractos, *versis*que viarum
Indiciis raptos saxo *occultabat* opaco.
(*En.*, VIII, 210.)

Horace avait dit :

Post equitem sedet atra cura.

Boileau l'imite sans le copier.

Le chagrin monte en croupe et galope avec lui.

Homère compare Pâris à un coursier bondissant.

Ὡς δ' ὅτε τις στατὸς ἵππος, ἀκοστήσας ἐπὶ φάτνῃ,
Δεσμὸν ἀποῤῥήξας θείῃ πεδίοιο κροαίνων,
Εἰωθὼς λούεσθαι ἐϋῤῥεῖος ποταμοῖο,
Κυδιόων· ὑψοῦ δὲ κάρη ἔχει, ἀμφὶ δὲ χαῖται
Ὤμοις ἀΐσσονται· ὁ δ' ἀγλαΐηφι πεποιθώς,
Ῥίμφα ἑ γοῦνα φέρει μετά τ' ἤθεα καὶ νομὸν ἵππων.
(*Iliade*, VI, 506.)

Virgile emploie la même comparaison pour faire ressortir l'impétuosité de Turnus :

Qualis, ubi abruptis fugit præsepia vinclis
Tandem liber equus, campoque potitus aperto,
Aut ille in pastus armentaque tendit equarum;
Aut assuetus aquæ perfundi flumine noto
Emicat, arrectisque fremit cervicibus alte
Luxurians, luduntque jubæ per colla, per armos.
(*Énéide*, XI, 492.)

Virgile a imité l'*Odyssée* dans l'ensemble des six premiers livres de l'*Enéide*, et l'*Iliade* dans les six derniers.

267. L'exercice de l'imitation est fort utile lorsque l'on commence à écrire. L'on apprend ainsi à se revêtir et à se pénétrer de la pensée, du tour et du style d'un auteur. Or, voici comment on peut pratiquer cet exercice.

Lisez avec attention, et plusieurs fois, un morceau bien écrit; prenez la plume, essayez de le récrire, puis comparez votre travail avec le modèle. Vous saisirez sans peine la différence. Cet exercice, répété de temps en temps, vous initiera bientôt aux secrets du style d'un auteur. Ou bien encore, analysez un discours entier, et travaillez sur ce plan emprunté; puis, comparez la manière dont vous présentez les raisonnements, dont vous pressez les mouvements, avec la marche de votre maître, vous finirez par lui dérober son art.

268. Mais l'imitation devient funeste, si l'on n'observe les trois règles suivantes :

I. Choisissez un auteur digne de servir de modèle; rappelez-vous que les plus parfaits ont leurs défauts, et que les défauts sont plus faciles à imiter que les beautés. Gardez-vous aussi de transporter dans votre composition ce qui ne convient pas à votre genre, à votre caractère, à votre siècle. Imitez la simplicité si noble et si naturelle des anciens Grecs; la force si digne et si majestueuse des Romains du siècle d'Auguste; mais faites-nous grâce de leurs muses et de leurs dieux (voyez sur ce point Rollin, *Traité des Études*, l. 2, ch. 1, art. 4). Il peut se faire que, dans un ouvrage médiocre ou inculte, vous rencontriez des trésors, vous pourrez en profiter; mais ce n'est pas là imiter un auteur; c'est, selon l'expression de Molière, reprendre son bien où on le trouve. Ainsi, Virgile cherchait et trouvait des perles dans le fumier d'Ennius. En général, cependant, au commerce de ces auteurs médiocres ou grossiers, il y a plus à perdre qu'à gagner.

269. II. Ne vous attachez pas trop exclusivement à un seul auteur. Ce serait vous exposer à n'atteindre qu'en partie la perfection dont l'étude de plusieurs aurait pu vous rendre capable, ou bien à prendre la manière de penser et de dire de votre maître, au point de n'être plus qu'une servile copie. Et, toutefois, ne voltigez pas d'un écrivain à un autre, et ne multipliez pas trop vos modèles. Vous rencontrerez difficilement un auteur qui ait, avec votre génie particulier, une analogie assez complète pour que, seul, il puisse vous suffire; mais il serait encore plus extraordinaire que votre genre coïncidât avec tous les écrivains classiques. Commencez donc par étudier les principaux; et, lorsque vous aurez reconnu les diverses nuances de votre talent, bornez-vous au petit nombre d'auteurs qui rentrent dans votre manière. Vous vous flatterez en vain de dérober à tous les grands écrivains le trait spécial qui distingue chacun d'eux. Mieux vaudrait encore vous en tenir à un seul. On cite des hommes qui se sont formés à force de lire et de relire le même auteur. Démosthène, dit-on, pour se faire un style, copia huit fois Thucydide entier.

270. III. Imitez, ne copiez pas.

O imitatorum servum pecus! (HORACE.)

Si vous vous traînez sur le plan d'un autre, si vous lui dérobez certains tours, certaines idées qui lui sont tellement propres, que le vol ne peut se déguiser, vous êtes esclave, vous êtes plagiaire. Rappelez-vous le geai paré des plumes du paon, et l'âne vêtu de la peau du lion. Le bout de l'oreille passe toujours. « Il vaut mieux n'offrir que des beautés médiocres, dit Blair; mais qui nous soient propres, que de se parer d'ornements empruntés qui décèlent notre misère. » Aussi l'exercice de l'imitation ne doit durer qu'un temps. Dès que vous aurez le jugement et le goût formés, laissez là les modèles, et sachez penser, sentir et parler, par vous-même, selon votre génie et selon votre caractère. Soyez plutôt médiocre, mais soyez *vous.*

> N'attendez rien de bon du peuple imitateur :
> Qu'il soit singe ou qu'il fasse un livre ;
> La pire espèce, c'est l'auteur.
>
> (LA FONTAINE.)

ARTICLE QUATRIÈME.

TRADUCTION.

271. La TRADUCTION consiste à faire passer d'une langue dans une autre la pensée d'un auteur. De tous les exercices propres à assurer le fruit de l'étude d'un modèle, la traduction est peut-être le plus sûr. Les plus grands écrivains des siècles d'Auguste et de Louis XIV se sont presque tous longtemps exercés à traduire. Cicéron avait mis en sa langue des ouvrages entiers de Démosthène, de Xénophon et de Platon.

272. La traduction, en effet, arrête le regard de l'attention sur ce qui échapperait à la lecture la plus sérieuse et à l'analyse la plus délicate. A force de réfléchir sur les pensées, les tours et les expressions du modèle que l'on veut rendre, on finit par s'en pénétrer et par se les approprier. Ici, nous avons en vue le thème aussi bien que la version ; or, soit que vous cherchiez à saisir le sens caché sous une langue étrangère, soit que vous ayez à trouver l'expression propre dans un idiome qui vous est moins connu, ce travail vous fait examiner à fond les idées qu'il s'agit de rendre, vous conduit à en saisir les moindres nuances, et, par là, votre intelligence s'enrichit de notions claires et distinctes sur tous les sujets dont

il est question dans le morceau que vous traduisez. Enfin, la différence du génie des langues force le traducteur à passer en revue une foule de mots et de tours dont il faut peser et comparer la valeur ; obligé de plier son style de cent manières différentes pour rendre son auteur, souvent même de se créer des tours nouveaux, il acquiert bientôt cette souplesse, cette facilité, et surtout cette originalité de style qui caractérise les bons écrivains.

273. La traduction exige donc une connaissance approfondie des deux langues que l'on échange l'une contre l'autre, et une étude sérieuse du génie de l'écrivain que l'on veut rendre. Ce n'est pas ici le lieu de tracer les règles de cet exercice. Nous dirons seulement que le mérite du traducteur résulte surtout de la réunion de deux qualités qu'il est souvent fort difficile d'allier ensemble : la *fidélité* et la *liberté*.

274. La FIDÉLITÉ consiste à rendre non-seulement la pensée de l'auteur, mais les nuances mêmes de son idée et de son style.

275. La LIBERTÉ demande que, tout en respectant le génie propre de la langue et de l'auteur que vous traduisez, vous sachiez vous conformer aussi à celui de la langue dans laquelle vous écrivez.

CHAPITRE SECOND.

COMPOSITION.

276. L'étude des préceptes et des modèles, l'exercice même de l'analyse, de l'imitation et de la traduction, ne formeront jamais à l'art de parler et d'écrire, si l'on ne prend enfin la plume, et si l'on ne se décide à composer.

Le travail de la composition consiste à chercher, à coordonner et à exprimer un ensemble d'idées, d'images et de sentiments qui puissent former un seul tout et tendre à un seul et même but.

277. Une COMPOSITION littéraire est donc un ensemble de pensées combinées et exprimées de manière à agir sur l'âme de ceux à qui l'on s'adresse.

278. La composition suppose trois opérations que nous avons déjà indiquées : 1° la conception ou invention du sujet ; 2° l'ordonnance ou disposition des parties du sujet ; 3° l'expression des pensées ou l'élocution.

279. I. INVENTION. Choisissez d'abord un sujet qui ne dépasse pas la portée de votre talent et l'étendue de votre science acquise.

> Sumite materiam vestris, qui scribitis, æquam
> Viribus, et versate diu, quid ferre recusent,
> Quid valeant humeri. Cui lecta potenter erit res,
> Nec facundia deseret hunc, nec lucidus ordo.
>
> (HORACE, *Art poét.*)

Votre sujet déterminé, étudiez-le à fond, examinez-le sur toutes ses faces, et, par une méditation sérieuse et patiente, formez-vous-en une idée vraie, juste, claire et distincte. Est-ce une vérité que vous voulez démontrer, considérez toutes les raisons qui peuvent l'appuyer; prévoyez toutes celles qui peuvent l'infirmer ; remontez aux principes qui lui servent de base, et tâchez de saisir toutes les conséquences qui peuvent en découler. Est-ce un fait que vous prétendez exposer, parcourez toutes les circonstances qui le déterminent, étudiez les causes qui l'ont préparé, les résultats qu'il a pu amener, les personnages qui y ont concouru, le temps et le lieu où il s'est passé. De cette vue sincère et complète de votre sujet naîtra spontanément un ensemble de réflexions, de traits, de sentiments qui se presseront dans votre âme. Vous avez conçu votre sujet. Ne vous hâtez pas toutefois de le mettre au jour. Contentez-vous d'abord de jeter sur le papier ces idées premières que vous pourriez oublier. Dans cet amas de matériaux informes, il est un choix à faire, et ce triage fait, il s'agit de leur donner une forme et de les coordonner.

280. II. Disposition. Revenez donc à loisir sur ce premier jet de votre esprit, et, après avoir élagué tout ce qui ne convient pas au but que vous vous proposez, c'est-à-dire, tout ce qui ne peut contribuer ni à éclairer l'intelligence, ni à captiver l'imagination, ni à toucher le cœur, disposez les pensées et les sentiments que vous avez conçus, dans l'ordre le plus apte à produire un double effet, de lumière pour l'esprit, et d'attraction pour le cœur. Cette règle générale suffit pour le moment; nous indiquerons, plus tard, quelle disposition spéciale demande chaque genre de composition.

281. III. Expression. Le temps est venu d'écrire ce que vous avez conçu et combiné dans votre âme. Souvent, toutefois, il sera utile de modérer encore cet empressement; plus souvent peut-être éprouverez-vous le besoin d'échauffer votre verve et de stimuler une certaine paresse qui refuse toujours le travail au moment où il faut décidément s'y mettre. Vous réglerez l'impatience qui se précipite, vous réveillerez la paresse qui s'endort, par la lecture de quelque morceau analogue au sujet que vous allez traiter. Longin a dit : « Les grands modèles nous inspirent comme Apollon inspirait sa prêtresse. » Et l'on a dit de Bossuet qu'il se couchait en lisant Homère, et qu'il se levait avec les pensées du génie.

282. L'impulsion est-elle donnée, prenez la plume, livrez-vous à l'inspiration. Si le vent est bon, laissez-vous entraîner au gré du souffle favorable qui vous pousse vers le terme; laissez voler votre main, pourvu, toutefois, que l'intelligence ne perde pas le fil de ses pensées, et que son œil soit constamment fixé vers le but où doit tendre l'ensemble de votre œuvre.

Si l'inspiration vous abandonne, si la verve se refroidit, si les idées, si les mouvements vous manquent, ne vous obstinez pas follement contre vous-même :

> Tu nihil invita dices faciesve Minerva.
>
> (HORACE.)

Suspendez votre travail, passez à un autre, ou bien rappelez l'inspiration par quelque lecture courte, mais réfléchie. Les poëtes surtout, même lorsque vous écrivez en prose, Homère, Virgile, Horace, ou mieux encore, Isaïe, David, saint Paul, vous aideront puissamment à retrouver ce mouvement qui fait jaillir la lumière et le feu. Souvent aussi ce serait assez d'un généreux effort pour sortir de cette espèce de léthargie qui engourdit et l'esprit et les doigts. Il vous semble que les facultés de votre âme sont sans force et sans vie, et, pour les mettre en jeu, il ne s'agit que de commencer. Il en est du travail de la composition comme de toute entreprise qui demande de l'énergie : *Tantummodo incepto opus.* (Salluste.)

283. Votre œuvre achevée, laissez-la reposer. Le lendemain, ou plus tard, s'il s'agit d'un ouvrage de longue haleine, lorsque l'enthousiasme du premier jet sera refroidi, relisez d'un œil calme et sévère le produit de votre plume ; soyez pour vous-même un censeur inexorable :

> Hâtez-vous lentement, et sans perdre courage,
> Vingt fois sur le métier remettez votre ouvrage.
> Polissez-le sans cesse et le repolissez ;
> Ajoutez quelquefois et souvent effacez.
>
> (BOILEAU, *Art poét.*)

Effacez tout ce qui n'ajoute ni lumière, ni grâce, ni force à la pensée, tout ce qui ne va pas au but. Ajoutez les idées et les mots nécessaires pour compléter, pour adoucir ou pour corroborer votre pensée. Modifiez ce qu'il y aurait d'inexact ou d'exagéré dans le fond, de forcé ou d'ambitieux dans le tour, dans les images, les figures ou les mouvements ; ce qui se trouverait impropre ou incorrect, hasardé ou trop faible dans l'expression.

> Sæpe stylum vertas, iterum quæ digna legi sint
> Scripturus. (HORACE, l. 1, sat. 10.)

284. Enfin, fussiez-vous déjà un écrivain émérite, reconnaissez sincèrement que nul n'est moins que vous en état de juger de la valeur et de l'effet de votre ouvrage.

> L'ignorance toujours est prête à s'admirer.
> Faites-vous des amis prompts à vous censurer ;
> Qu'ils soient de vos écrits les confidents sincères,
> Et de tous vos défauts les zélés adversaires...
> Un sage ami, toujours rigoureux, inflexible,
> Sur vos fautes jamais ne vous laisse paisible.
> Il ne pardonne point les endroits négligés ;
> Il renvoie en leur lieu les vers mal arrangés ;
> Il réprime des mots l'ambitieuse emphase.
> Ici le sens le choque, et plus loin c'est la phrase ;
> Votre construction semble un peu s'obscurcir
> Ce terme est équivoque, il faudrait l'éclaircir.
> C'est ainsi que vous parle un ami véritable.
> (BOILEAU, *Art poét.*)

285. Sachez toutefois distinguer entre un Aristarque et un Zoïle. Le premier est un ami qui veut corriger : respectez ses sages et judicieux avis ; le second est un ennemi qui ne cherche qu'à mordre et à déchirer : soyez au-dessus de sa censure. Un Aristarque saura discerner dans vos écrits ce qui est bien, ce qui est mal. Une basse jalousie ne lui défendra pas de vous accorder l'encouragement de ses éloges. S'il rencontre un passage, une pensée, un tour, une expression qui le choque, il se donnera la peine d'en chercher la raison, et, au lieu de vous adresser une injure inutile, il saura vous dire en quoi pèche votre ouvrage. Zoïle, au contraire, semble né pour le plaisir de la censure. Il est si aisé de parcourir du coin de l'œil, et le dédain sur les lèvres, les feuilles d'un écrit que l'on est bien

décidé d'avance à trouver pitoyable! Il est si facile de fermer un livre sans l'avoir lu, et puis de se retourner en grimaçant avec la morgue d'une pédantesque suffisance : C'est médiocre! C'est bientôt dit, Zoïle; mais pourriez-vous dire pourquoi? Fuyez donc ces censeurs pointilleux, qui n'ont que de l'esprit, mais pas de cœur. Est-ce qu'ils peuvent comprendre et surtout avouer qu'un ouvrage sorti d'une autre plume que la leur puisse avoir quelque mérite? Fuyez encore ces critiques, espèce de frelons littéraires, dont la stérile oisiveté se refuse à rien produire, et qui n'ont de l'abeille que le dard. Si par malheur votre manuscrit vient à tomber sous leurs yeux, et que leur poinçon ait prétendu noter quelques lignes, concluez que cet endroit est le meilleur de votre ouvrage. Zoïle ne s'acharne que contre Homère.

Mais avez-vous eu le bonheur de rencontrer un Aristarque, soumettez-vous docilement à sa critique. Si vous rejetez ses avis, et qu'en dépit de ses observations, vous osiez mettre vos écrits au jour, sachez que deux juges vous attendent, dont il vous faudra bien subir les sévères et inévitables arrêts, et qui feront justice de vous et de votre livre, en vous condamnant l'un et l'autre au mépris d'abord, puis à l'oubli ; ces deux juges sont le public et le temps. Le premier peut se tromper, et se trompe, en effet, fort souvent, surtout aux siècles de désordre moral et littéraire; mais c'est aux bons livres seuls que le second décerne les honneurs de l'immortalité.

SECTION TROISIÈME.

ÉLÉMENTS DE LA COMPOSITION.

286. Toute composition repose sur deux éléments : les êtres et les faits. En effet, tout ce qui tombe sous le domaine de l'intelligence et de la parole est quelque chose qui est ou qui se fait.

287. Quel que soit donc le genre de composition que l'on traite, il s'agit de faire connaître, ou bien un objet existant ou simplement possible, ou bien l'action que plusieurs êtres exercent les uns sur les autres. De là deux sortes de composition communes à l'orateur aussi bien qu'au poëte : la *description* et la *narration*.

ARTICLE PREMIER.

DESCRIPTION.

288. La DESCRIPTION a pour but de faire connaître un objet spécial ou un certain ensemble d'objets, en déterminant leur nature, leurs divers rapports et les circonstances qui les modifient.

289. On peut distinguer quatre sortes de description : la description *philosophique*, *historique*, *poétique* et *oratoire*. Les deux premières sont la base des deux autres.

290. La DESCRIPTION PHILOSOPHIQUE n'est autre chose que la simple définition des choses. Elle consiste à déterminer nettement et entièrement l'essence de l'objet, ce qui le constitue en lui-même et ce qui le distingue de tout autre. Le

philosophe montre les choses ou les personnes telles qu'elles doivent être, indépendamment des circonstances particulières qui peuvent les modifier.

291. La DESCRIPTION strictement HISTORIQUE montre les objets et leur ensemble, non tels qu'ils doivent être, mais tels qu'ils sont en effet, et avec toutes les modifications que leur font subir les circonstances.

292. La DESCRIPTION POÉTIQUE ne se contente pas de montrer l'objet tel qu'il doit être ou tel qu'il est; elle le représente tel qu'il peut être, le chargeant à son gré de traits qui le rehaussent ou le rabaissent, selon l'effet qu'elle se propose.

293. La DESCRIPTION ORATOIRE ne fait connaître, sur les choses ou les personnes, que les traits qui peuvent lui servir pour démontrer ou pour faire ressortir ce que l'orateur prétend persuader; elle supprime tout ce qui est inutile, et déguise tout ce qui serait contraire à son but.

294. Toute description doit réunir trois qualités : *vérité*, *justesse* et *unité;* mais ces qualités se modifient selon le but spécial du genre.

295. Le philosophe se propose de montrer l'idéal des choses.

LA VÉRITÉ de ses descriptions consistera dans une conformité rigoureuse avec l'essence même des objets. Il n'a le droit ni de particulariser comme l'historien, en précisant les détails de circonstance, ni d'embellir ou de déprécier comme le poëte, ni de supprimer certains traits pour insister sur d'autres, selon le besoin de sa cause, comme le fait l'orateur. Il doit la vérité, et rien que la vérité.

296. La JUSTESSE de la description philosophique consiste à représenter les choses également sous tous leurs rapports. Le philosophe doit toute la vérité.

297. L'UNITÉ retranche tout ce qui n'appartient pas à

l'objet, tout ce qui ne servirait qu'à le parer. Le philosophe dédaigne et les images et les sentiments ; laissant l'imagination et la sensibilité, il ne s'adresse qu'à la pure intelligence. Si l'on objecte les descriptions si riantes des Platon, des Augustin, des Fénelon dans leurs œuvres philosophiques, nous répondrons que souvent le philosophe, pour rendre la vérité et la science accessibles et agréables à la masse des lecteurs, se permet d'emprunter à la poésie son pinceau et ses charmes.

298. On trouvera des modèles de la description strictement philosophique dans les écrits d'Aristote, de saint Thomas, de Bossuet (*Connaissance de Dieu et de soi-même*) et de Fénelon (*Existence de Dieu*).

299. La vérité, pour l'historien, est tout aussi sévère que pour le philosophe; mais celui-ci fait abstraction des détails et de tout ce qui est accidentel, au lieu que ce sont précisément les détails et les particularités accidentelles de l'objet dont l'historien doit donner la description fidèle.

300. La justesse, dans la description historique, consiste à présenter tous les traits qui sont nécessaires pour faciliter l'intelligence du fait que l'on doit raconter.

301. L'unité consistera à supprimer tout détail qui ne contribue pas à rendre plus nette et plus distincte la connaissance des personnes ou des choses, des lieux ou des temps qui appartiennent à un fait.

302. La vérité ne prescrit pas au poëte d'autres limites que celles de la vraisemblance. Son but est d'inspirer l'admiration du bien et du beau, et l'horreur du laid et du mal. Pour y réussir, il doit faire une impression vive et sensible sur l'imagination et sur les sens. Dès lors il a le droit de tout oser. Qu'il charge ses tableaux, supprime, ajoute des traits; qu'il peigne, colore, anime, personnifie les êtres de pure abstraction, tels que la vertu, le vice, l'orgueil, la paresse; les êtres inanimés, tels que les fleurs, les rochers, l'Océan, la

ciel : tout lui est permis, pourvu que les traits qu'il rassemble et que les tableaux qu'il présente n'offrent rien d'impossible, rien d'incompatible, rien, en un mot, qui ne soit du moins vraisemblable.

303. La JUSTESSE ne consistera pas non plus pour le poëte à décrire tous les traits, tous les détails. Il n'est pas tenu à toute la vérité. La justesse de la description poétique consiste seulement à faire ressortir les circonstances les plus propres à produire l'effet qu'il se propose.

304. L'UNITÉ, au contraire, retranchera tout ce qui ne tendrait pas à causer le mouvement ou l'impression que le poëte cherche à exciter dans l'imagination et dans le cœur.

305. Lorsque l'orateur décrit, la VÉRITÉ est pour lui de rigueur. Le moindre trait, la moindre circonstance qu'il oserait falsifier mettrait sa bonne foi en suspicion pour tout le reste. Mais, s'il n'a pas le droit de feindre comme le poëte, il n'est pas tenu, comme le philosophe et comme l'historien, à exposer toute la vérité.

306. La JUSTESSE dans la description oratoire consiste donc à saisir tous les détails qui peuvent faire ressortir la vérité de ce qu'il veut prouver, et à insister sur toutes les circonstances de temps, de lieu, sur tous les traits de caractère, de physionomie, qui peuvent l'aider à produire sur l'esprit, l'imagination et le cœur une impression conforme à l'intérêt de sa cause.

307. L'UNITÉ consistera à supprimer tout ce qui est inutile à son but, et surtout ce qui serait contraire à son dessein. Tout ce qui s'écarte de la fin et de l'effet qu'il se propose est un hors-d'œuvre dans sa bouche.

308. Comparez la description de la grandeur d'âme tracée : 1° par un philosophe (voy. Aristote, *De moribus*, l. 4, c. 7 et c. 8); 2° par un historien (voy. Tite-Live, Portrait de Scipion, *Narrationes selectæ*, narr. 42, n°s 3 et 4; narr. 49,

n° 14) ; ou bien le caractère de Judas Machabée, en réunissant les traits indiqués au chap. 3, ℣. 1-12, 16-25, 58-60, et au chap. 9, ℣. 7-23 ; 3° par un poëte (voy. Horace, l. 3, ode 3, *Justum et tenacem*, et ode 5, *Cœlo tonantem*) ; ou bien étudiez la grandeur d'âme en action dans la personne de Joad (Racine, *Athalie*) ; 4° par un orateur (voy. Bossuet, *Oraison funèbre de Condé*, surtout le tableau de ce héros à la bataille de Rocroi, et *alibi passim*).

309. Outre ces quatre sortes de description, dont la distinction est fondée sur la diversité du but que se propose l'écrivain, on peut encore établir une division tirée de la distinction des objets que l'on peut décrire. Ainsi l'on distingue la *chronographie*, la *topographie*, la *prosopographie*, l'*éthopée* et le *parallèle*.

310. La CHRONOGRAPHIE (χρόνος) détermine les circonstances du temps où se passe une action.

L'heure de l'affût.

A l'heure de l'affût, soit lorsque la lumière
Précipite ses flots dans l'humide séjour,
Soit lorsque le soleil rentre dans sa carrière
Et que, n'étant plus nuit, il n'est pas encore jour.

(LA FONTAINE.)

311. La TOPOGRAPHIE (τόπος) décrit les circonstances du lieu où se passe un événement.

Voyez dans Télémaque la topographie de la grotte de Calypso.

312. La PROSOPOGRAPHIE (πρόσωπον, *vultus, persona*) décrit l'extérieur d'un homme ou d'un animal ; par exemple, sa figure, son air, sa pose, son geste, ses manières.

Les livres sapientiaux abondent en prosopographies où la précision le dispute à l'énergie.

L'apostat.

Homo apostata, vir inutilis, graditur ore perverso, annuit oculis, terit pede, digito loquitur. (Prov., c. 6.)

Le riche et le pauvre.

Cum obsecrationibus loquitur pauper, et dives effabitur rigide. (Prov., c. 18, ℣. 13.)

Melior est pauper qui ambulat in simplicitate sua, quam dives torquens labia sua et insipiens. (Prov., c. 19, ℣. 1.)

L'impie.

Vir impius fodit malum, et in labiis ejus ignis ardescit. (Prov., c. 16, ℣. 17.)

Vir impius procaciter obfirmat vultum suum. (Prov., c. 21, ℣. 19.)

Le traître.

Qui annuit oculo, dabit dolorem. (Prov., c. 10, ℣. 10.) Labiis suis intelligitur inimicus, cum in corde tractaverit dolos. Quando submiserit vocem suam, ne credideris ei : quoniam septem nequitiæ sunt in corde ipsius. (Prov., c. 26, ℣. 24.

Voyez aussi Eccl., c. 12, ℣. 10-19, surtout ce trait :

In oculis lachrymatur inimicus, et quasi adjuvans suffodiet plantas tuas.

Comparez la prosopographie du cheval par Buffon, par Virgile (*Géorg.*, III, 75), par Bossuet, et enfin voyez celle du livre de Job :

Numquid præbebis equo fortitudinem, aut circumdabis collo ejus hinnitum ? Numquid suscitabis eum quasi locustas ? Gloria narium ejus terror. Terram ungula fodit, exsultat audacter ; in ipsum sonabit pharetra, vibrabit hasta et clypeus. Fervens et fremens sorbet terram, nec reputat tubæ sonare clangorem. Ubi audierit buccinam, dicit : Vah ! procul odoratur bellum, exhortationem ducum et ululatum exercitus. (C. 39.)

313. L'ÉTHOPÉE (ἔθος, *mœurs*, ποιέω, *fingo*) décrit l'intérieur même de l'homme, les mœurs, les vertus, les vices, les qualités ou les défauts d'une personne.

314. L'éthopée prend le nom de PORTRAIT ou de CARAC-

TÈRE, selon qu'elle retrace les mœurs d'un personnage déterminé, ou d'une qualité considérée en général.

Retz, dans ses *Mémoires*, trace des *portraits;* car il peint les individus d'après nature et tels qu'ils furent. La Bruyère et Molière tracent des *caractères;* ils peignent des vices pris en général. Il est difficile toutefois de tracer un caractère sans avoir en vue un ou plusieurs individus dont on emprunte les traits; et c'est ce qui explique pourquoi, malgré les protestations de la Bruyère, on l'accusait toujours de faire des portraits.

315. Le portrait peut avoir pour objet un personnage réel ou un individu fictif. L'éthopée d'un personnage réel doit être en tout point conforme aux mœurs de cet individu; celle d'un individu fictif doit seulement être vraisemblable.

Voyez le portrait de Catilina par un historien (Salluste, *Catilin.*, V); par un orateur (Cicéron, 2e *Catilin.*, IV et V, et *Pro Cœlio*, V et VI).

Portrait de Séjan.

Corpus illi laborum tolerans; animus audax sui obtegens, in alios criminator; juxta adulatio et superbia, palam compositus pudor; intus summa adipiscendi libido ejusque causa, modo largitio et luxus, sæpius industria ac vigilantia, haud minus noxiæ, quoties parando regno finguntur. (TACITE, *Annal.*, IV.)

Parcourez encore la sublime galerie de portraits que nous offre l'Ecclésiastique, c. 44 et suivants.

Télémaque abonde en portraits de personnages d'invention. Voyez surtout celui de Pygmalion.

Quant aux caractères, il suffit de nommer Aristote dans son Éthique, Théophraste, la Bruyère et Molière.

Mais c'est encore dans les livres sapientiaux que vous rencontrerez la peinture la plus vraie et la plus complète des vertus et des vices considérés en général.

Voyez le caractère de la femme forte, Prov., 31.

Le paresseux.

Vult et non vult piger. (Prov., 13, 4.) Pigrum dejicit timor : animæ autem effeminatorum esurient. Qui mollis et dissolutus est in opere suo, frater est sua opera dissipantis. (Prov., 18, 8.) Propter frigus piger arare noluit : mendicabit ergo æstate, et non dabitur illi. (Prov., c. 20, ℣. 4.) Dicit piger : Leo est foris, in medio platearum occidendus sum. (Prov., 22, 13.) Per agrum hominis pigri transivi, et per vineam viri stulti : et ecce totum repleverant urticæ, et operuerant superficiem ejus spinæ, et maceria lapidum destructa erat. Quod cum vidissem, posui in corde meo, et exemplo didici disciplinam. Parum, inquam, dormies, modicum dormitabis, pauxillum manus conseres, ut quiescas. Et veniet tibi quasi cursor egestas, et mendicitas quasi vir armatus. (Prov., 24, ℣. 30 et seqq.)

316. Le PARALLÈLE enfin consiste à rapprocher les traits de deux portraits ou de deux caractères pour faire ressortir les ressemblances ou les différences qui existent entre deux personnages ou entre deux qualités.

Voyez chez la Bruyère le parallèle de Corneille et de Racine; dans l'oraison funèbre de Condé, par Bossuet, le parallèle entre ce prince et Turenne.

Les livres sapientiaux procèdent presque constamment par parallèle :

Fatuus in risu exaltat vocem suam : vir autem sapiens vix tacite ridebit. (Eccli., c. 21, ℣. 23.)

In facie prudentis lucet sapientia : oculi stultorum in finibus terræ. (Prov., c. 17, ℣. 24.)

ARTICLE SECOND.

NARRATION.

317. La NARRATION ou le RÉCIT est l'exposition d'un fait.

318. On peut distinguer trois sortes de narration : la narration *historique*, *poétique*, *oratoire*.

319. La NARRATION HISTORIQUE expose un fait réel tel qu'il s'est passé.

La NARRATION POÉTIQUE invente un fait qui n'a jamais eu lieu, ou bien embellit un fait réel, et l'expose tel qu'il aurait pu avoir lieu.

La NARRATION ORATOIRE choisit parmi les circonstances d'un fait celles qui peuvent servir d'exemple ou de preuve pour démontrer ce que l'on a entrepris de persuader.

320. Toute narration, aussi bien que toute description, doit réunir trois qualités : la vérité, qui pour le poëte sera la simple vraisemblance, la justesse, l'unité. Ces trois qualités se modifieront d'après le but spécial de l'historien, du poëte et de l'orateur. Tout ce que nous avons remarqué sur la vérité, la justesse et l'unité dans la description, s'applique également à la narration; nous n'y reviendrons pas. Nous insisterons seulement sur le point capital dans tout récit, l'*intérêt*.

321. L'INTÉRÊT consiste dans un certain charme qui excite l'attention, pique la curiosité, captive l'imagination, touche et remue le cœur.

322. Ce charme dépend : 1° de l'invention ou du fond, 2° de la disposition ou de la forme, et 3° de l'expression du récit.

323. L'INVENTION dans le récit ne consiste pas précisément à imaginer le fond ou les circonstances d'un fait; le poëte seul a ce droit. Pour l'historien et pour l'orateur, elle consiste à découvrir et à choisir parmi les faits réels ceux qui offrent quelque trait digne de fixer l'attention de l'esprit ou propre à faire une impression morale sur le cœur. L'esprit se plaît à entendre ce qui lui apprend quelque vérité nouvelle; le cœur aime ce qui excite en lui des sentiments conformes à ses inclinations naturelles ou acquises. Ainsi un cœur généreux s'intéressera toujours aux récits où l'on respire l'amour de la vertu et de l'héroïsme et où l'on s'inspire d'horreur contre le vice et contre le crime. Un fait sera donc intéressant s'il est ou curieux ou émouvant.

324. La DISPOSITION des diverses circonstances d'un fait

contribue tellement à donner de l'intérêt à une narration, que le trait le plus insignifiant pour le fond deviendra, grâce à la forme du récit, plus attachant que l'événement le plus grave ou même le plus curieux, lorsqu'il est mal présenté.

325. Toute narration se compose de trois parties : l'*exposition*, le *nœud*, le *dénoûment*.

326. 1° L'EXPOSITION a pour but de préparer les esprits, de faire connaître le lieu de la scène, le temps de l'événement, les personnes qui agissent, et d'expliquer, sans toutefois les reprendre de trop haut, les antécédents nécessaires pour l'intelligence de ce qui va suivre.

327. Elle doit être claire, précise, rapide, et surtout simple, promettant moins qu'elle ne tiendra. C'est le moyen de pouvoir aller en croissant :

> Non fumum ex fulgore, sed ex fumo dare lucem.
>
> (HORACE.)

Quelquefois on jette tout à coup le lecteur au milieu du sujet, et l'on amène ensuite avec art les premiers événements. Tel est le début de l'*Énéide*. D'autres fois on annonce simplement ce que l'on va raconter. Il faut alors être sûr que le fait est par lui-même de nature à exciter l'attention. Le plus souvent on doit bien se garder de laisser soupçonner quel sera le dénoûment. Il peut se faire cependant que le résultat de l'action soit tel, que l'annoncer d'avance soit un moyen de jeter l'intérêt sur un personnage ou d'exciter le désir de savoir quels moyens ont amené une pareille issue. Le tour de l'exposition dépendra donc de la nature du fait et des circonstances. Le point essentiel est de ne dire que ce qu'il faut pour exciter l'attention, et de laisser dans l'ombre un trait saillant qui reporte tout l'intérêt soit sur le nœud, soit sur le dénoûment.

328. 2° Le NŒUD est ce point de la narration où les intérêts des personnages commencent à être compromis, à se heurter et à se compliquer de telle sorte que l'auditeur ne

puisse plus prévoir le cours des événements, et qu'il commence à en attendre l'issue avec anxiété.

329. C'est ici que l'écrivain doit ménager l'intérêt et la curiosité, et tenir perpétuellement le lecteur entre l'espérance et la crainte, afin de l'attacher à la suite du récit et de lui réserver pour le dénoûment, tantôt une surprise, tantôt une impression qui le frappe et grave dans son âme la substance du fait, et surtout la leçon morale que l'on doit ordinairement se proposer. Prenez garde toutefois, à force de couvrir la marche et l'issue du fait, de jeter la confusion dans l'esprit. Il faut que le lecteur puisse suivre sans effort, retenir et embrasser d'un coup d'œil le commencement, le progrès et l'ensemble de l'action. Vous devez donc, pour lui faciliter le travail de l'intelligence et de la mémoire, dessiner nettement les époques des faits, les lieux de la scène, le nombre et le caractère des personnages, et dégager le fait principal des incidents qui le feraient perdre de vue. Enfin, voulez-vous suspendre et entraîner votre lecteur, soyez rapide et suivez la marche qu'Horace admirait dans Homère : *Semper ad eventum festinat.*

330. 3° Le DÉNOÛMENT est le point où aboutit et où se résout le nœud. C'est la déclaration du résultat de l'action. Il doit être amené et préparé par tout ce qui précède, et répondre aux promesses de l'exposition. Il doit s'arrêter aussitôt que l'événement est connu; car dès que le lecteur est instruit de tout, sa curiosité est satisfaite : il cesse d'écouter.

331. S'il arrive parfois que les personnages l'aient assez intéressé pour qu'il désire connaître quel fut leur sort dans la suite, on lui en rendra compte en peu de mots : c'est ce qu'on appelle ACHÈVEMENT.

332. L'EXPRESSION, dans le récit, doit rendre le fait tellement sensible à l'œil du lecteur, que celui-ci, oubliant le

narrateur, se croie présent à l'action. Pour produire cet effet, l'expression devra faire du récit une peinture animée.

333. 1° UNE PEINTURE. Celui qui raconte un fait est un témoin. Il a vu, il a entendu, ou du moins il est censé avoir vu et entendu, et il veut faire voir et entendre le fait auquel il a assisté.

334. Il représentera donc les circonstances de lieu, de temps, les traits, les gestes, l'air, le ton, la démarche des personnes qui agissent ou qui parlent, avec une précision telle que le lecteur puisse se figurer les choses et les personnes en action. S'il est poëte, il a le droit d'employer les traits et les couleurs au gré de son imagination ; on exige seulement que tout s'accorde avec le sujet et avec les circonstances. S'il est historien ou orateur, il n'a pas le droit de supposer ; mais il observera et signalera ces traits particuliers qui peignent une scène, un personnage, une action, et qui disent plus que toutes les réflexions et que toutes les suppositions possibles. Tite-Live, Tacite, Salluste, et surtout les écrivains sacrés, nous offrent des modèles parfaits de ces sortes de peinture. Voyez, par exemple, la narration de Joseph, de Tobie, l'Enfant prodigue.

335. 2° UNE PEINTURE ANIMÉE. Celui qui raconte, avons-nous dit, est un témoin. Il doit la vérité ; mais ce témoin est un homme : il a un cœur, il doit être et se montrer sensible. Il ne serait pas homme, s'il pouvait raconter un crime sans exprimer une secrète horreur ; un malheur, sans être ému de pitié ; une belle action, sans se laisser quelque peu soulever par l'enthousiasme de l'admiration. Ajouteriez-vous foi à celui qui vous exposerait froidement un crime, un désastre, un trait d'héroïsme dont il se dirait le témoin ?

336. Que vous soyez poëte, historien ou orateur, votre devise doit être : Honte et haine au vice et au méchant ; honneur et amour à la vertu et à l'homme de bien. Flétrissez ce

scélérat, couronnez ce héros. Oui, vous devez être impartial, c'est-à-dire rendre vérité et justice à tous les partis; mais si vous ne voulez pas vous faire en quelque sorte le complice du crime, vous n'avez pas le droit d'être impartial entre le bien et le mal, entre Néron ou Robespierre et leurs victimes, entre Caïphe, Hérode, Pilate, d'une part, et Jésus-Christ, de l'autre. Il n'est donc pas seulement permis, mais il est conforme à la raison de s'animer lorsqu'on raconte un fait qui ne permet pas l'indifférence.

337. Mais l'animation ne consiste pas dans cette agitation de commande qui, à chaque instant, jette des exclamations qu'inspirent un enthousiasme et une indignation factices. Le narrateur doit s'oublier, se taire et disparaître. Ce n'est pas lui, ce sont ses personnages qu'il doit mettre en scène; et, au lieu de parler lui-même, il ferait bien mieux, à l'exemple des livres saints et d'Homère, de mettre dans la bouche de ses héros les paroles qu'ils ont dû dire, et surtout celles qu'en effet ils ont dites, et que les témoins immédiats ont conservées. C'est alors que le récit sera un tableau animé et vivant.

338. *Modèles.* La Bible, surtout le récit de la Passion, récit si calme en apparence, et toutefois si émouvant, si animé, précisément parce que les témoins s'effacent pour laisser parler et pour nous faire entendre, tantôt Caïphe, son conseil et ses valets; tantôt Pilate et les pontifes; tantôt la populace et la soldatesque; tantôt le Sauveur lui-même. Ils n'ont plus besoin dès lors de caractériser les personnes et les faits par des épithètes ou par des réflexions. La haine aveugle d'un Caïphe, la lâcheté d'un Pilate, l'ingratitude de la populace, la cruelle insolence des valets et des soldats ressortent plus vivement de leurs gestes et de leurs paroles que de toutes les invectives dont la plus juste indignation aurait pu charger le récit des évangélistes.

Après les auteurs sacrés, les plus parfaits modèles de ce style qui peint et anime les récits sont, chez les Grecs : Homère, Xénophon (dans sa *Cyropédie*, par exemple, où, comme l'observe Fénelon, sans jamais vous dire que Cyrus est admirable, il vous le fait partout admirer); chez les Latins : Tite-Live, Salluste, César, Tacite, Cicéron, surtout dans les discours *de Signis, de Suppliciis;* chez les Français : Bossuet, dans son *Discours sur l'histoire universelle* et dans ses *Oraisons funèbres;* Fénelon, *Télémaque;* Sévigné, *Mort de Turenne, Mort de Vatel, Mort de Louvois.*

MÉTHODE

POUR

L'ÉTUDE DES PRINCIPES DE LITTÉRATURE.

339. Ce traité n'est destiné ni à être lu simplement, ni à être appris par cœur, mais à être *étudié* par l'élève, après avoir été commenté par le maître. L'élève devra lire et relire plusieurs fois la leçon indiquée, avec intention de comprendre et de retenir le sens plutôt que les mots; le maître exigera ensuite la leçon plutôt de l'intelligence du jeune homme que de sa mémoire. Or, c'est surtout en interrogeant et en répétant les interrogations jusqu'à ce que la réponse soit donnée exacte, complète et sans hésiter, que l'on parviendra à fixer l'attention d'une classe, à graver les principes dans les esprits, et à s'assurer que l'élève a étudié et compris. Voulant faciliter cette méthode d'étude et d'enseignement par interrogations et par réponses, nous avons réduit à une série de questions simples et précises tous les principes, toutes les règles, toutes les observations dont se compose ce traité.

PROGRAMME DE QUESTIONS.

Debebit præceptor frequenter interrogare et judicium discipulorum experiri.

(QUINTIL.)

N^os

1. En quoi diffèrent les sciences et les lettres ?
2. Quels sont les divers sens du mot *Littérature ?*
3. En quoi diffèrent la grammaire et les belles-lettres ?
4. Définissez les belles-lettres ?
5. Qu'est-ce que le beau ?
6. En quoi consiste le beau ?
7. En quoi consiste le beau essentiel ?
8. En quoi consiste le beau littéraire ?
   En quoi diffèrent le beau poétique et le beau oratoire ?
9. Quelle est la fin des belles-lettres ?
10. Quelles sont les facultés supérieures de l'homme ?
    Quelles sont les facultés inférieures ?
11. Qu'est-ce que l'intelligence ?
12. Qu'est-ce que la volonté ?
13. Qu'est-ce que la mémoire intellectuelle ?
14. Qu'est-ce que l'imagination ?
15. Qu'est-ce que la sensibilité ?
16. Qu'est-ce que la mémoire organique ?
17. Qu'est-ce que le jugement ?
    Qu'est-ce que le goût ?

18, 19 et 20. En quoi diffèrent le génie et le talent ?

21, 22. Quelle est l'origine et la raison des règles ?

23. Quelle en est l'utilité et l'insuffisance ?
24. Quelle est la division des principes des belles-lettres ?
25. Quelle est la division des principes généraux ?
26. En quoi diffèrent le style et l'élocution ?
27. Quelle est la division des genres littéraires ?
28. Quelle est la raison de la distinction entre la poésie et l'éloquence ?

29. En quoi diffèrent le beau poétique et le beau oratoire ?
30. Pourquoi la poésie précède-t-elle l'éloquence ?
31. Quel est le plan général de ce Traité de littérature ?
Quel est le plan spécial de chaque partie ?
32. Qu'est-ce que le style ?
33. Quels sont les éléments du style ?
34. Qu'est-ce qu'une pensée ?
35. Qu'est-ce qu'une idée ?
36. Qu'est-ce qu'une image ?
37. Qu'est-ce qu'un sentiment ?
38. Quelles doivent être les qualités de toute pensée ?
39. En quoi consiste la vérité de l'idée ? — de l'image ? — du sentiment ?
40. Quand la pensée est-elle vraie ? — fausse ?
41. En quoi consiste la clarté de la pensée ?
Quand la pensée est-elle distincte ? — obscure ? — confuse ?
42. Qu'entendez-vous par les caractères de la pensée ?
Combien distinguez-vous de genres de style ?
43. Qu'est-ce que le style simple ?
44. Quels sont les caractères du style simple ?
Quels sont les défauts voisins du style simple ?
45. En quoi consiste la justesse de la pensée ?
46. Quand la pensée est-elle lâche ?
47. En quoi consiste la nouveauté de la pensée ?
48. Quand la pensée est-elle commune ? — vulgaire ?
49. En quoi consiste le naturel ?
50. En quoi consiste la sécheresse ? — la froideur ?
51. En quoi consiste la naïveté ?
52. En quoi diffèrent la naïveté et *une naïveté ?*
53. En quoi consiste la bassesse ?
54. Indiquez quelques modèles du style simple.
55. Qu'est-ce que le style tempéré ?
Quels sont les caractères du style tempéré ?
Quels sont les défauts voisins du style tempéré ?
56. En quoi consiste la finesse ?
57. En quoi consiste la subtilité ? — la puérilité ?
58. En quoi consiste la délicatesse ?
59. En quoi diffèrent précisément la délicatesse et la finesse ?
60. En quoi consiste la flatterie ? — l'affectation ?

61. En quoi consiste la grâce d'une pensée?
62. En quoi consiste la mollesse de la pensée?
63. En quoi consiste l'éclat de la pensée?
64. En quoi consiste le clinquant?
65. Indiquez quelques modèles du style tempéré?
66. Qu'est-ce que le style sublime?
67. Quelle est la source du sublime?
68. Pourquoi les grandes pensées viennent-elles du cœur?
69. Pourquoi le sublime est-il simple?
70. En quoi le sublime diffère-t-il de la simplicité?
71. Quand la simplicité devient-elle sublime?
72 *et suiv.* Indiquez quelques types du sublime surnaturel.
78, 79, 80. Indiquez quelques types du sublime purement humain.
81. Où est pour le chrétien le type du sublime?
82. Quels sont les caractères du style sublime?
Quels sont les défauts voisins du style sublime?
83. En quoi consiste la vivacité de la pensée?
84. En quoi consiste la rudesse?
85. En quoi consiste la hardiesse?
86. En quoi consiste l'extravagance?
87. En quoi consiste la force?
88. En quoi la force diffère-t-elle de la vivacité?
89. En quoi la force diffère-t-elle de la hardiesse?
90. En quoi consiste la dureté?
91. En quoi consiste la profondeur?
92. En quoi consiste l'obscurité?
93. En quoi consiste la noblesse?
94. En quoi consiste l'enflure?
95. En quoi consiste le sublime proprement dit?
96. Indiquez des exemples du sublime de pensée.
97. Indiquez des exemples du sublime d'image.
98. Indiquez des exemples du sublime de sentiment.
99. En quoi diffèrent le style sublime et le sublime?
100. En quoi consistent le phébus et l'emphase?
101, 102. Montrez l'idéal du sublime, tracé dans les écrits et réalisé dans la conduite des saints et des grands hommes.
103. La même pensée peut-elle réunir plusieurs caractères?
104. Quel est le point capital dans l'invention des pensées?

105. En quoi consiste la convenance des pensées entre elles?
106. En quoi consiste la convenance des pensées avec le sujet?
107. En quoi consiste la disposition ou la forme du style?
108. Qu'entendez-vous par les figures?
109. Quelle est l'importance des figures?
110. En quoi diffèrent les figures de mots et les figures de pensée?
111. Cette distinction est-elle fondée?
112. Définissez les figures.
113. D'après quel point de vue peut-on classer les diverses figures?
114. Qu'entendez-vous par figures de raisonnement?
115. Qu'entendez-vous par figures d'imagination?
116. Qu'entendez-vous par figures de passion?
117. Quelles sont les principales figures de raisonnement?
118. Qu'est-ce que la périphrase?
119. Qu'est-ce que l'allusion?
120. Qu'est-ce que l'antithèse?
121. Qu'est-ce que la prétermission?
122. Qu'est-ce que la litote?
123. Qu'est-ce que l'atténuation?
124. Qu'est-ce que l'occupation?
125. Qu'est-ce que la concession?
126. Qu'est-ce que la communication?
127. Qu'est-ce que la correction?
128. Qu'est-ce que la gradation?
129. Qu'est-ce que la sentence?
130. Qu'est-ce que l'épiphonème?
131. Quelles sont les principales figures d'imagination?
132. Quelles sont les figures connues sous le nom de *tropes*?
133. Qu'est-ce que la comparaison?
134. Quelles qualités doit avoir la comparaison?
135. En quoi consiste la clarté d'une comparaison?
136. En quoi consiste la justesse d'une comparaison?
137. Pourquoi les comparaisons doivent-elles être courtes?
138. Pourquoi les comparaisons doivent-elles être rares?
139. Pourquoi les comparaisons doivent-elles être nobles?
140. Pourquoi les comparaisons doivent-elles être neuves?
141. Qu'est-ce que la métaphore?
142. Quelles règles suit la métaphore?

143. Qu'est-ce que l'allégorie ?
144. Qu'est-ce que la métonymie ou hypallage ?
145. Qu'est-ce que la synecdoque ou syllepse ?
146. Qu'est-ce que l'antonomase ?
147. Qu'est-ce que la catachrèse ?
148. Qu'est-ce que la métalepse ?
149. Qu'est-ce que l'euphémisme ?
150. Qu'est-ce que l'antiphrase ?
151. Qu'est-ce que le contraste ?
152. Qu'est-ce que l'hypotypose ?
153. Qu'est-ce que la prosopopée ?
154. Quelles sont les principales figures de passion ?
155. Qu'est-ce que la répétition ?
156. Qu'est-ce que le pléonasme ?
157. Qu'est-ce que l'ellipse ?
158. Qu'est-ce que l'hyperbole ?
159. A quels défauts peut conduire l'hyperbole ?
159 *bis.* Qu'est-ce que l'exclamation ?
160. Qu'est-ce que l'interrogation ?
161. Qu'est-ce que la subjection ?
162. Qu'est-ce que la dubitation ?
163. Qu'est-ce que la suspension ?
164. Qu'est-ce que la réticence ?
165. Qu'est-ce que la licence ?
166. Qu'est-ce que l'ironie ?
167. Qu'est-ce que la permission ?
168. Qu'est-ce que l'imprécation ?
169. Qu'est-ce que l'obsécration ou déprécation ?
170. Qu'est-ce que la supposition ou hypothèse ?
171. Qu'est-ce que l'apostrophe ?
172. Qu'est-ce que le dialogisme ?
173. D'où viennent l'unité et la liaison du style ?
174. Quel est le moyen de bien employer les figures ?
175. Qu'entendez-vous par les transitions ?
176. Quel est le meilleur moyen de ménager les transitions ?
177. Comment peut-on lier ensemble les membres d'une phrase, les phrases et les parties d'une composition ?
178. Quels sont les ouvrages où l'on peut négliger l'enchaînement des transitions ?

179. Quels sont les ouvrages où l'on doit observer l'enchaînement ?
180. Quel est le meilleur moyen de bien rendre la pensée au moyen des mots ?
181. Qu'est-ce que l'élocution ?
182. Quelles sont les qualités de l'élocution ?
183. En quoi consiste la clarté de l'élocution ?
184. D'où résulte la clarté de l'élocution ?
185. Que doit-on observer dans le choix des mots ?
186. En quoi consiste la pureté des mots ?
187. Qu'est-ce qu'un barbarisme ?
188. En quoi consiste la propriété des mots ?
189. Qu'entendez-vous par les mots synonymes ?
Peut-on les employer indistinctement les uns pour les autres ?
190. Qu'entendez-vous par un terme équivoque ?
191. Qu'est-ce qu'une phrase ?
192. En quoi consiste la correction ?
193. Qu'est-ce qu'un solécisme ?
194. En quoi consiste la précision ?
195. En quoi consiste la diffusion ?
196. En quoi consiste la sécheresse ?
197. En quoi consiste l'abondance ?
198. En quoi consiste la concision ?
199. En quoi consiste l'ordre ?
200. Quel ordre doit-on suivre dans la disposition des mots ?
201. Quel est le principe de l'unité de la phrase ?
202. Quelle est la place du membre et du mot principal ?
203. Quand le mot principal doit-il se placer au commencement, — à la fin de la phrase ?
204. Quelle gradation doit-on observer dans la suite des mots ?
205. Quelles conditions requiert la clarté de l'élocution ?
206. En quoi consiste l'élégance ?
207. D'où résulte l'élégance ?
208. Que prescrit l'élégance dans le choix des mots ?
209. Qu'est-ce qu'une épithète ?
210. Quand une épithète est-elle vicieuse ?
211. Quand l'épithète est-elle fausse ?
212. Quand l'épithète est-elle inutile ?
213. Quand l'épithète est-elle vague ?

214. Pourquoi ne doit-on pas trop multiplier les épithètes ?
215. Qu'est-ce que l'apposition ?
216. Que prescrit l'élégance dans le tour de la phrase ?
217. Quel est l'excès voisin de l'élégance ?
218. En quoi consiste l'harmonie ?
219. Combien distingue-t-on de sortes d'harmonie ?
220. En quoi consiste l'harmonie imitative ?
221. Indiquez quelques exemples de l'imitation du bruit et du mouvement matériel.
222. Indiquez quelques exemples de l'imitation des mouvements de l'âme.
223. En quoi consiste l'harmonie dite mécanique ?
Quels sont les moyens d'obtenir cette harmonie ?
224. En quoi consiste le nombre ?
225. Que demandent l'esprit, la respiration et l'oreille ?
226. Que demande l'harmonie du nombre dans le choix des mots ?
227. Que demande-t-elle dans la combinaison de la phrase ?
228. Qu'est-ce qu'une période ?
229. En quoi la période diffère-t-elle d'une phrase ordinaire ?
230. Quels sont les mots qui déterminent le mécanisme de la période ?
231. Qu'entendez-vous par les membres d'une période ?
232. Qu'entendez-vous par les incises ?
233. En quoi diffèrent le membre et l'incise ?
234. Combien distingue-t-on de périodes ?
235. Quand la période est-elle dite *carrée* ?
236, 237. Qu'entendez-vous par le style périodique ? et par le style coupé ?
238. Quand doit-on surtout employer le style périodique ? — le style coupé ?
239. Quels sont les principaux moyens de se former le style ?
240. Qu'entendez-vous par modèle ?
241. Quel est le premier modèle du beau littéraire ?
242. La nature est-elle le seul modèle du beau littéraire ?
243. Tout ce qui est conforme à la nature est-il beau par là même ?
244. Quel est le vrai type du beau idéal ?
245. Le beau surnaturel peut-il et doit-il être le type idéal du littérateur chrétien ?
246. Quel est le livre que le chrétien doit étudier comme premier modèle du beau littéraire ?
247. Le chrétien peut-il étudier le type du beau dans les auteurs païens ?

248. Le type du beau naturel se trouve-t-il chez les païens?
249. Quel est le milieu entre l'élément chrétien et l'élément païen?
250. Est-il à craindre que l'étude des auteurs païens fasse dominer l'élément naturel sur l'élément surnaturel?
251. Suffit-il qu'un ouvrage soit bien écrit pour être classique?
252. En quoi consiste l'étude des modèles?
253. En quoi consiste la lecture?
254. Quels auteurs doit-on lire?
255. Faut-il lire peu ou beaucoup?
256. Comment doit-on lire?
257. En quoi consiste la sobriété dans la lecture?
258. En quoi consiste la réflexion?
259. En quoi consiste l'analyse?
260. Quelle est l'utilité de l'analyse?
261. En quoi consiste l'analyse philosophique?
262. En quoi consiste l'analyse historique?
263. En quoi consiste l'analyse littéraire?
264. En quoi consiste l'analyse propre au style?
265. Quelle est l'utilité de l'analyse du style?
266. En quoi consiste l'imitation?
267. Indiquez une méthode pratique de l'imitation?
268. Quels auteurs doit-on imiter?
269. Convient-il de se proposer l'imitation d'un grand nombre de modèles ou bien d'un seul?
270. En quoi consiste l'imitation servile?
271. En quoi consiste la traduction?
272. Quels sont les avantages de la traduction?
273. Quelles conditions requiert la traduction?
274. En quoi consiste la fidélité de la traduction?
275. En quoi consiste la liberté de la traduction?
276. En quoi consiste le travail de la composition?
277. Qu'est-ce qu'une composition littéraire?
278. Quelles opérations suppose le travail de la composition?
279. En quoi consiste le travail de l'invention?
280. En quoi consiste le travail de la disposition?
281. Que faut-il faire avant d'écrire?
282. Que faut-il faire pendant que l'on écrit?
283. Que faut-il faire après avoir écrit?

284. Quels sont les avantages et les qualités de la censure d'un bon critique ?
285. En quoi diffèrent un Zoïle et un Aristarque ?
286. Quels sont les éléments de toute composition ?
287. Combien peut-on distinguer de sortes de compositions en général ?
288. Qu'est-ce que la description ?
289. Combien peut-on distinguer de sortes de descriptions ?
290. Qu'est-ce que la description philosophique ?
291. Qu'est-ce que la description historique ?
292. Qu'est-ce que la description poétique ?
293. Qu'est-ce que la description oratoire ?
294. Quelles sont les qualités que doit avoir toute description ?
295. En quoi consiste la vérité de la description philosophique ?
296. En quoi consiste la justesse de la description philosophique ?
297. En quoi consiste l'unité de la description philosophique ?
298. Citez quelques modèles de la description philosophique ?
299. En quoi consiste la vérité de la description historique ?
300. En quoi consiste la justesse de la description historique ?
301. En quoi consiste l'unité de la description historique ?
302. En quoi consiste la vérité de la description poétique ?
303. En quoi consiste la justesse de la description poétique ?
304. En quoi consiste l'unité de la description poétique ?
305. En quoi consiste la vérité de la description oratoire ?
306. En quoi consiste la justesse de la description oratoire ?
307. En quoi consiste l'unité de la description oratoire ?
308. Citez des exemples où l'on puisse étudier les différences qui distinguent ces quatre sortes de descriptions.
309. D'après quel point de vue peut-on encore classer les descriptions ?
310. Qu'est-ce que la chronographie ?
311. Qu'est-ce que la topographie ?
312. Qu'est-ce que la prosopographie ?
313. Qu'est-ce que l'éthopée ?
314. En quoi diffèrent un portrait et un caractère ?
315. En quoi diffèrent le portrait d'un personnage réel et celui d'un personnage fictif ?
316. Qu'est-ce que le parallèle ?
317. Qu'est-ce que la narration ?
318. Combien peut-on distinguer de sortes de narrations ?

319. En quoi diffèrent la narration historique, la narration poétique et la narration oratoire ?
320. Quelles sont les qualités que doit avoir toute narration ?
321. En quoi consiste l'intérêt de la narration ?
322. D'où résulte l'intérêt de la narration ?
323. Comment l'invention contribue-t-elle à l'intérêt de la narration ?
324. Comment la disposition contribue-t-elle à l'intérêt de la narration ?
325. Combien distingue-t-on de parties dans toute narration ?
326. Quel est le but de l'exposition ?
327. En quoi consiste l'intérêt de l'exposition ?
328. Qu'entendez-vous par le nœud ?
329. En quoi consiste l'intérêt du nœud ?
330. Qu'entendez-vous par le dénoûment ?
En quoi consiste l'intérêt du dénoûment ?
331. En quoi consiste l'achèvement ?
332. Comment l'expression peut-elle contribuer à l'intérêt du récit.
333. Pourquoi l'expression doit-elle être comme une peinture du fait ?
334. Comment l'expression peut-elle devenir une peinture de l'action ?
335. Pourquoi l'expression dans un récit doit-elle être animée ?
336. En quoi consiste l'impartialité du récit ?
337. En quoi consiste l'animation ?
338. Citez des modèles de la narration ?

TABLE DES MATIÈRES.

PREMIÈRE PARTIE.

STYLE.

FIN DE LA TABLE.

BIBLIOTHÈQUE NATIONALE
R.F.
IMPRIMÉS

www.ingramcontent.com/pod-product-compliance
Lightning Source LLC
LaVergne TN
LVHW012005220826
846092LV00001B/243

9782329789767